내
아
내
는

변
태
일
지
도
몰
라

─결혼한 소꿉친구, 적응하면 적응할수록 □□□□□ 것 같습니다─

My wife
might be
A HENTAI.

Contents
My wife might be **A HENTAI**.

몰래 입어보는 중……

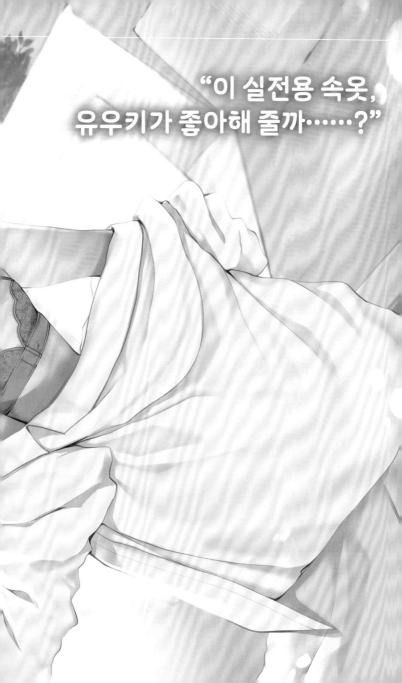

"이 실전용 속옷,
유우키가 좋아해 줄까……?"

내 아내는 변태일지도 몰라

─결혼한 소꿉친구, 적응하면 적응할수록
점점 더 위험해지는 것 같습니다─

2

쿠로이 지음 / 한수진 옮김

S NOVEL

권두 및 본문 일러스트 / 아유마 사유

My wife

내 아내는 변태일지도 몰라

Suzuka   Wife   Childhood friend   Dangerous?

might be

A HENTAI.

—결혼한 소꿉친구,
적응하면 적응할수록
점점 더 위험해지는 것
같습니다—

Kuroi
illust. Ayuma Sayu

프롤로그

스즈카와 결혼한 지 벌써 몇 달이 지났다.

현재 우리는 같이 살고 있는데, 스즈카는 나보다 더 일찍 일어났다.

나와 같은 시간에 일어나면 좋을 텐데. 굳이 일찍 일어날 필요가 있나?

내가 일어날 때까지 스즈카는 뭐 하는 걸까. 그게 괜히 궁금해졌다.

그래서 스즈카가 일어날 때 나도 일어나 보기로 했다.

그렇게 결심하고 맞이한 오늘 아침.

"후아암~ 졸려……."

스즈카는 하품을 하면서 일어났다.

꼭 일어나야지! 하고 굳게 다짐하고 잤기 때문일까. 나는 이미 완벽하게 깨어 있었다.

나는 살짝 실눈을 뜨고, 이제 막 일어난 스즈카를 관찰했다.

"흐음, 흐응~ ♪"

스즈카는 기분 좋게 콧노래를 부르며 침실에서 나갔다.

몰래 미행을 시작한다.

내가 보고 싶은 것은 스즈카의 진솔한 모습이다. 결코 내 시선을 의식한 스즈카의 모습이 아니다. 나는 살금살금 스즈카를 뒤따라가, 들키지 않는 위치에서 계속 감시했다.

"이야, 압!"

스즈카가 맨 처음 한 일. 그것은 빨래였다.

욕실과 연결되어 있는 탈의실. 그곳에 있는 세탁기에다가 스즈카는 바구니에 든 빨랫감들을 휙휙 던져 넣기 시작했다.

뭐야, 평범하잖아. 아무래도 별로 재미있는 광경은 못 볼 것 같았다.

뭔가 극적인 일면을 기대했는데. 그렇게 내가 김빠지는 기분을 느끼고 있을 때.

"앗, 유우키가 입었던 티셔츠다~!"

빨랫감이 들어 있는 바구니 속에서 튀어나온 내 티셔츠.

스즈카는 신나게 그것을 집어 들더니.

자기 코에다 갖다 댔다.

"흐음~~~~~~~~~~~~~~~~."

우, 우와…… 내 티셔츠 냄새를 엄청 맡고 있잖아?

저렇게 내 냄새를 맡는 것이 싫지는 않았지만.

그래도 왠지 부끄러워서 등이 근질근질해지기 시작했다.

이 집으로 이사 온 다음부터 날이 갈수록 욕망에 충실한 여자애로 변모하고 있는 스즈카.

침대에서 같이 잘 때 스즈카가 자주 내 냄새를 맡는다는 것도 알고 있었다.

하지만 설마, 이 정도일 줄은 전혀 몰랐다…….

"휴……. 아~ 만족스러워! 유우키는 진짜로 좋은 냄새가

난다니까! 자, 그럼 다음은~."

어? 계속하려고?

스즈카는 티셔츠로는 만족을 못 했는지 내 팬티를 집어 들었다.

그리고 코를 박으면서 킁킁 냄새를 맡았다.

"우헤헤…… 꿀꺽……."

침까지 흘리면서 황홀해하는 표정으로 내 팬티 냄새를 킁킁 맡고 있는 스즈카.

응, 변태구나. 여기 변태가 있다.

눈앞에 펼쳐져 있는 혼돈의 광경.

아니, 잠깐. 부부라는 관계성을 고려한다면 그렇게까지 이상하지는…… 않은가?

서로 좋아하는 사람들과 그렇지 않은 사람들의 경우에는 허용 범위가 전혀 다를 것이다.

예를 들어 애인도 아닌 남자의 팬티 냄새를 맡는다면, 그 사람은 변태다.

하지만 같이 사는 남편의 팬티 냄새를 맡는다면, 무조건 변태라고 할 수는 없다는 생각도 들었다.

문득 나는 의문을 느꼈다.

내 팬티 냄새를 최소한 3분 넘게 맡고 있는 스즈카는——.

나를 좋아해서 이런 짓을 하는 걸까, 아니면 원래 변태라서 이런 짓을 하는 걸까?

도대체 어느 쪽일까? 하는 의문이 들었다.

아무튼 스즈카가 팬티에 정신이 팔린 사이에 나는 이만 후퇴해야겠다…….

내 존재를 들키지 않도록 조심해서 침실로 돌아가려고 했다. 그런데 발소리를 크게 내고 말았다.

"어, 거기 누구 있어?"

"응. 잘 잤어?"

나는 이제 막 일어난 것처럼 졸린 척하면서 스즈카에게 인사했다.

아무것도 못 본 듯한 내 얼굴. 스즈카는 그걸 보고 안심했다.

나는 그런 스즈카가 귀여워서 좀 괴롭히고 싶어졌다.

"이렇게 일찍 일어나서 뭐 하고 있었어?"

"응? 그, 그야 뭐, 보다시피 빨래하는 중이었는데?"

스즈카는 왜 그렇게 이상한 소리를 하느냐는 것처럼 나를 쳐다봤다.

세탁기 앞에서 할 일은 하나밖에 없잖아? 하는 식으로.

"아, 하긴, 그런가."

"응. 난 그냥 빨래를 하려고 했거든?"

거짓말. 팬티 냄새를 맡으면서 즐기고 있었잖아.

나한테 들키지 않으려고 애쓰는 것을 보니, 일단 들키면 부끄러운 행위란 인식은 스즈카의 머릿속에도 잘 박혀 있는 듯했다.

내 팬티 냄새를 맡았잖아? 하고 말하고 싶었지만, 나는 꾹 참았다.

스즈카를 괴롭힐 수 있는 비장의 카드. 그것을 지금 여기서 써버리기는 아까웠다.

제1화 내 아내는 나쁜 아이일지도 몰라

더워서 살기 힘든 하루하루가 이어지고 있었다.

여름방학도 중반에 접어들어서 이제 슬슬 여름의 끝을 생각하게 될 무렵.

결혼을 하고, 이사를 하고, 공동생활을 한 지도 제법 되었을 때.

나와 스즈카는 거실 탁자 위에 물건들을 늘어놓고 있었다. 어떤 공통점이 있는 물건들이었다.

수족관에서 사 와서 먹다 남은 과자, 스즈카가 어디 놀러 갔다가 사 온 선물용 과자, 호텔에서 구입한 코스프레 의상, 한 번도 입지 않은 새 옷 등등.

"스즈카. 이것들을 보니까 무슨 생각이 들어?"

"어머, 세상에~란 느낌이 들어."

스즈카는 수족관 데이트를 마치고 돌아올 때 샀던 과자 상자를 열어보더니 그 안에서 과자를 꺼내 먹었다.

우물우물 씹어 삼킨 뒤 웃으면서 이렇게 말했다.

"맛있긴 한데, 무려 2주일 전에 데이트하면서 샀던 과자가 아직도 남아 있네."

"응. 그래서 결론은?"

"너무 많이 샀어. 어휴, 이게 왜 아직도 남아 있지? 자, 아~

해봐."

스즈카는 과자 포장지를 뜯어서 과자를 내 입에 집어넣어 줬다.

꼭꼭 씹어서 입안을 깨끗이 비운 다음에 나는 입을 열었다.

"확실히, 너무 많이 샀지?"

"그러게~. 유통기한이 아무리 길어도 그렇지, 너무 많이 샀어."

다 먹으려면 시간이 오래 걸릴 정도로 많은 과자들.

이어서 나는 호텔에서 구입한 코스프레 의상을 손에 들었다.

"이것도 쓸모없는 물건이었어. 그때는 즉흥적으로 충동구매를 했지만."

"아니, 그것은 쓸모없진 않은데? 왜냐하면 나는 또 입고 놀 생각이 있으니까."

"뭐? 그건 그때만의 특별 서비스가 아니었어⋯⋯?"

"글쎄. 유우키. 네가 기뻐해 줄 것 같으니까. 안 그래?"

내가 기뻐해 줄 것 같으니까 다음에 또 사용할 일이 있을 것이다. 그렇게 말하는 것처럼 생글생글 웃는 얼굴로 스즈카는 호텔에서 구입한 코스프레 의상을 자기 몸에 슬쩍 대 봤다.

"어때, 잘 어울리지?"

"음, 그런가?"

"어휴~ 뭐야, 응? 왜 그렇게 민망하다는 표정을 지어?"

"아, 아니거든?"

호텔에서 코스프레를 해 달라고 부탁할 수 있었던 것은, 그때 순간적으로 분위기를 탔기 때문이었다.

그런데 곰곰이 생각해 보니까 그건 좀 징그러운 짓이 아니었을까? 아내한테 코스프레를 해 달라고 부탁하다니, 이거 변태 아냐? 하고 퍼뜩 정신을 차리게 되었다.

그 결과 나는 뒤늦게 부끄러워졌다.

스즈카는 그런 내 심정을 눈치챘는지 생글생글 웃고 있었다.

"자, 코스프레 얘기는 일단 제쳐 놓고."

탁자 위에 있는 코스프레 의상을 저쪽으로 치우는 스즈카.

그렇다. 나와 스즈카가 지금 하고 있는 것은——.

충동구매를 한 물건이 정말로 우리에게 필요한 물건이었는지 검증해보는 작업이었다.

나와 스즈카는 복권 당첨으로 10억 엔을 손에 넣었다.

그런데 스즈카는 나를 깜짝 놀라게 해주고 싶어서 그 10억 엔을 혼자 수령하러 갔고. 그 결과.

무시무시한 금액의 증여세가 발생하는 상황이 되었다.

그 증여세의 타격을 가능한 한 줄이려고 나와 스즈카는 결혼을 했다.

이처럼 황당한 이유로 결혼해 버린 나와 스즈카. 하지만 지금은 둘이서 사이좋게 신혼 생활을 만끽하고 있었다.

즐거운 부부 생활을 하려면 돈도 중요하다.

최근에는 복권 덕분에 금전적인 여유가 넘쳐서 그런지, 뭐든지 쉽게 사게 되었다.

그래서 오늘은 충동구매를 한 것 같은 물건들을 탁자 위에 늘어놓고 둘이서 회의를 하게 된 것이다.

"자, 다음은 이거야. 유우키 군, 이 옷은 입어봤어?"

스즈카가 손에 들고 있는 것은 내가 구입한 새 옷이었다.

"……안 입어봤어."

그동안 축구만 했었던 나는 패션에 대해서는 무지했지만, 멋쟁이 스즈카와 나란히 걸을 때를 생각해서 나름대로 멋을 부리려고 노력하고 있었다.

그래서 나답지 않게 멋진 옷, 남성용 목걸이나 팔찌, 멋있어 보이는 운동화 등 이것저것 사봤다.

그 결과 어떻게 되었느냐 하면. 보다시피 그것들을 잘 활용하기는커녕 아예 사용도 안 하고 있었다.

따끔하게 지적을 당하고 스즈카의 잔소리 폭탄이 터지겠구나 하고 각오했는데…….

"여기서는 꾹 참아야겠네. 이번에는 낭비라고 말하진 않을게."

"아니, 이거는 낭비가 맞잖아?"

"하지만 유우키. 네가 모처럼 패션에 관심을 가졌는데 여기서 '안 돼!' 하고 제동을 걸기는 아깝잖아. 나는 멋쟁이 남편과 후줄근한 남편 중에서는 멋쟁이 남편이 좋은걸."

"휴. 내 아내가 너그러워서 다행이다."

"그렇지? 뭐, 아무튼 너한테만 잔소리할 게 아니라 나도 반성을 해야 하니까……."

스즈카는 테이블 위에 있는 만화책을 집어 들고 미안해하는 표정으로 자진 신고를 했다.

"같은 책을 또 샀어……."

"그건 진짜로 돈 낭비다."

내가 좀 단호하게 말하자, 그 말투가 마음에 안 들었는지 스즈카는 반박에 나섰다.

"아니, 그게 꼭 그렇진 않거든? 아무래도 판매량 같은 것도 중요하니까."

"그런가?"

만화를 좋아하는 스즈카의 해명을 듣고 나는 잘 이해가 안 가서 고개를 갸웃거렸다.

"아니, 진짜로 그렇다니까? 당연히 돈을 내는 게 중요하지, 응? 안 그러면 작품이 끝나 버릴 수도 있잖아?"

"그, 그렇구나."

"그래. 내가 좀 넉넉하게 사기만 해도——."

그리하여 만화에 대한 스즈카의 열변이 시작된 것이었다.

"응, 그래서 그 만화의 뭐가 재미있느냐 하면……."

"스톱. 이제 그만하자, 응?"

주먹을 불끈 쥐고 만화에 관해 열정적으로 이야기하는 스즈카에게 나는 그만하라고 했다.

한 30분은 그 이야기를 들어줬으니까. 이제는 그만할 때가 됐다.

다만 눈을 반짝반짝 빛내면서 자신이 좋아하는 것에 관해 이야기하는 아내의 모습은 보기만 해도 기분이 좋아지긴 했다.

그래서 그만하라고 하기가 좀 아쉬웠다.

"아하하하……. 미, 미안."

자신이 너무 열을 올렸다는 사실을 자각한 스즈카는 민망해하면서 뺨을 긁적였다.

스즈카는 옛날부터 이랬었다. 이제 와서 문제가 될 것은 없었다.

"아무튼 충동구매는 관두자고 이야기하는 것은 좋은데, 실제로 돈은 어때? 계속 이런 속도로 돈을 써도 되는지 좀 걱정되는데."

"이런 속도로 쓴다면, 바닥날 걱정은 전혀 없어."

"우와―, 아직도 여유가 있구나? 역시 10억 엔은 굉장해."

심지어 앞으로 불어날 돈은 전혀 고려하지 않았는데도 이 정도니까. 무섭다, 무서워.

사실 목돈은 함부로 어디에 투자하지만 않으면 안정적으로 늘릴 수 있다.

그러나 김칫국부터 마시면 안 되니까. 일부러 그것은 기대하지 않으려고 하고 있지만.

"저기, 그런데 그건 어디까지 계산한 거야?"

"응? 무슨 뜻이야?"

"아니, 예를 들어 자식이 하나만 있어도 돈 씀씀이가 확 달라지잖아."

"어머나, 뭐야? 유우키. 나랑 자식을 낳고 싶어?"

스즈카는 히죽히죽 웃는 얼굴로 나를 쳐다봤다.

부부라서 그런가? 자식은 몇 명이나~라는 이야기를 하니까 묘하게 현실성이 느껴졌다.

왠지 좀 부끄러운걸……

"다, 단둘이 사는 데 질리면, 그런 미래도 생각해 볼 수 있지 않나~ 하고."

"참고로 나는 지금 당장 시도해도 괜찮은데…… 어때?"

오늘은 밖에 나갈 일이 없었던 스즈카.

그래서 비교적 가벼운 실내복 차림을 하고 있었다. 상의는 얇은 셔츠이고 하의는 반바지였다.

그런 스즈카가 자기 셔츠를 걷어 올렸다. 부드러워 보이는 배를 슬쩍 내보이면서 나를 유혹했다.

"너 그렇게 배를 보여주다가, 내가 진짜로 만지면 어쩔래? 응?"

"난 괜찮은데?"

이 얼마나 건방진 아내인가. 좋아, 자진해서 보여준 저 배를 만져 주마.

스즈카의 배는 나와는 달리 부드럽고 말랑말랑해서 촉감이 좋았다.

손가락으로 배꼽을 콕 찌르기도 하고, 빙글빙글 원을 그리듯이 쓰다듬기도 하고, 살살 주물러 보기도 했다.

가끔 간지러운지 '으응……' 하고 한숨을 쉬는 스즈카가 무척 귀여워 보였다.

이렇게 영원히 스즈카의 배를 만지작거리고 싶었지만, 슬슬 좀 피곤해졌다.

"자, 이제 끝."

마지막으로 가볍게 스즈카의 배를 톡 치고 나는 스킨십을 그만뒀다.

"유우키. 너 참 야하게 만진다."

"그랬어?"

이 정도는 평범하지 않나?

그런 식으로 평범하게 대꾸했더니, 스즈카는 불만스런 표정으로 나한테 투덜거리기 시작했다.

"윽, 뭐야. 이제는 놀려도 얼굴이 안 빨개지네? 뭔가 고수라도 되는 척하는 게 짜증나. 유우키 주제에 건방져!"

"하기야 얼마 전까지의 나였다면 당황해서 '아, 아냐—!' 하고 변명했을 테지."

"후후. 맞아."

"응, 그나저나 살짝 만지기만 했는데도 '너 야하다~'라고 말하는 스즈카 씨한테는 벌을 줘야겠지?"

나는 또다시 스즈카의 배로 손을 뻗었다. 그리고 살며~
시 손가락을 움직여 간지럽혔다.

그 순간 스즈카는 부들부들 떨면서 큰 소리로 웃음을 터
뜨렸다.

"아하하하하하, 야, 간지럽잖아!"

"난 야하게 만진 적 없어. 네가 그걸 인정하면, 나도 그만
둬 줄게."

"으하하하하하! 으응, 저, 저기, 네가 야하게 만진 건, 진
짜 사실이란 말이……야아! 그만해, 너무 간지러워서, 주,
죽을 것, 같아!"

몇 분 동안 계속 간지럽힌 후. 나는 만족하고 손을 멈췄다.

말과 행동이 따로 노는 상황. 말로는 간지럽다고 하면서
도 진심으로 도망치진 않다니, 너 실은 간지럼을 좋아하는
변태구나? 하고 내가 속으로 생각하고 있었는데. 그때 스즈
카가 기막혀하는 얼굴로 나를 쳐다봤다.

"난 네가 혹시나 손가락을 다칠까 봐 도망치지 않던 거
거든?"

"아, 네."

지금 나는 오른손을 다쳐서 펜조차 쥘 수 없었다.

이 와중에 왼손까지 다친다면 그야말로 비참한 신세가 될
것이다.

"다정하신 스즈카 님. 이번에는 제가 잘못했습니다."

"좋아. 그럼 용서해줄게! 그런데 나 조금 화났으니까. 하나만 물어봐도 돼'?"

"뭐, 뭐를 물어보려고?"

"유우키. 너 나를 너무 좋아하는 거 아냐?"

"도대체 뭘 물어보려나 하고 긴장했더니. 겨우 그런 거야? 응, 좋아해. 아내를 좋아하는 게 뭐가 나빠?"

당당하게 가슴을 활짝 펴고 대답했다. 아무것도 숨기지 않고.

그러자 스즈카는 기뻐하는 것처럼 크게 환호했다.

"와―! 그렇게 솔직히 말해 주는 네가 너무 좋아!"

스즈카는 갑자기 나한테 확 다가왔다. 그리고 어린애 머리를 쓰다듬듯이 내 머리를 '아이, 착하다' 하면서 거칠게 쓰다듬어줬다. 좀 성가시긴 해도 싫지는 않았다.

"우리 말이야, 닭살 커플이 된 것 같아……."

"사랑 때문에 이성을 잃고 닭살 돋는 짓도 해버리는 이 시기, 나는 실컷 만끽하고 싶은데~? 자, 이렇게, 응~?"

스즈카는 한층 더 격렬하게 내 머리를 쓰다듬기, 아니, 주물럭거리기 시작했다.

내 지적을 받고도 '뭐 어때?'란 식으로 당당하게 행동하는구나. 응, 이게 바로 스즈카지.

"그런데 어느새 심하게 탈선한 것 같은데. 다시 하던 이야기나 하자."

"네~."

♡ ♡ ♡

　충동구매뿐만 아니라 이런저런 금전적인 이야기를 하다 보니 벌써 밤이 되었다.

　슬슬 배도 고파졌는데 스즈카가 오늘 저녁밥에 관한 이야기를 꺼냈다.

　"저기, 있잖아. 오늘 저녁은 우버이츠로 해도 돼?"

　우버이츠. 그것은 간단히 말해 음식을 배달시키는 서비스다.

　가격은 좀 비싸지만, 귀찮음을 생각하면 그만큼 편리하기도 해서 요즘에는 이 서비스가 유행하고 있었다.

　원래 저녁밥은 쭉 스즈카가 직접 만들었지만, 요새는 우버이츠로 많이 시키는 편이었다.

　스즈카는 최근까지도 집안일을 야무지게 했었다. 하지만 이제는 좀 지친 것 같았다.

　"그럼 오늘은 햄버거라도 시킬까?"

　"좋지. 그런데 유우키, 넌 그래도 내가 만든 음식을 먹고 싶지 않아?"

　"아냐, 됐어."

　"야, 여기서는 먹고 싶다고 해야지! 뭐 이런 남편이 다 있어?"

　"아니, 하지만 난 네가 편한 게 좋은걸. 요새 우버로 시켜 먹는 일이 늘었잖아? 너도 좀 귀찮, 어, 피곤해져서 그런 거 아냐?"

"그건 그래. 내가 너무 의욕을 앞세웠나 봐. 그래서 엄청 피곤해졌어."

그래, 지금이 기회다. 나는 확실하게 내 뜻을 전달해 두기로 했다.

"네가 나를 위해 노력해 주는 건 기뻐. 하지만 무리하지 말고 적당히 해줬으면 좋겠어. 왜냐하면 우리는 기브 앤드 테이크 같은 관계잖아?"

나는 웃으면서 그런 말을 했다. 남편을 위해 노력하는 아내가 되려고 하는 스즈카에게.

"아니, 하지만 네가 나를 그렇게 배려해 주면, 나는 더 열심히 너를 위해 노력해야겠다는 생각이 드는걸?!"

스즈카는 활기차게 나를 꽉 껴안으면서 기쁨을 표현했다.

와, 영악하게 귀엽네. 하지만 그 점이 마음에 들었다.

비비적비비적 자기 뺨을 내 상반신에 대고 문지르면서 애교를 부리는 스즈카.

나는 그런 스즈카의 머리에 가볍게 손을 올려 살살 쓰다듬어봤다.

아까 스즈카가 내 머리를 마구 쓰다듬었으니까. 나도 그만큼 되갚아주는 거다.

"저기, 그거 알아? 이렇게 머리를 쓰다듬어 준다고 모든 여자가 기뻐하지는 않아."

"응, 그래서?"

"에헤헤, 하지만 나는 좋아해!"

누가 자기 머리를 쓰다듬어 주는 것에는 별로 익숙하지 않아서 그런 걸까. 스즈카는 좀 부끄러워하는 듯했다.

싫다고 하면 그만 쓰다듬으려고 했는데. 좋게 평가해 줘서 다행이다.

"옳지, 착하다. 의욕적으로 일하다가 지쳐 버린 내 아내. 오늘은 우버로 시켜 먹고 편하게 놀자."

"와, 좋아. 그럼 내일 아침에도 간단하게 그래놀라로 먹어도 돼?"

"당연하지. 아, 맞다. 집안일이 귀찮으면 가사도우미라도 구해 볼래?"

"뭐—? 아냐, 그건 싫어. 난 그냥 의욕적으로 일하다가 좀 지쳤을 뿐이지, 집안일 자체는 좋아하는걸. 그리고 이 집은 우리 둘만의 집이야. 누군지도 모르는 사람을 들여놓고 싶진 않아."

"그건 그러네."

우리는 잠시 동안 시시한 잡담을 신나게 나눴다.

나를 위해 지나치게 애쓰지 마라. 그런 말을 한 지 며칠이 지났다.

아무래도 그동안 아내로서의 위엄을 보여주려고 잔뜩 긴

장한 채 지냈던 것의 반동이, 내 예상보다도 더 크게 나타나고 있는 듯했다.

지금은 오전 10시가 지난 시각. 그런데 스즈카는 침대 위에서 휴대폰을 만지고 있었다.

그리고 나도 스즈카와 마찬가지였다.

"슬슬 침대에서 나갈까?"

"응. 그러자."

침대에서 나가자 우리의 하루가 시작됐다.

아침을 먹기에는 늦은 시각이었지만 배가 좀 고팠다. 그래서 우리 둘은 미리 사둔 빵을 먹었다.

너 뺨에 묻었는데? 하고 아무것도 안 묻은 상대의 뺨을 문지르며 장난치기도 하고, 잘게 찢은 빵을 상대의 입에 넣어 주기도 하고. 그렇게 재미있게 놀면서 식사를 했다.

이어서 양치질을 하고, 세수를 하고, 옷을 갈아입고. 그 후 공부를 시작했다.

아무리 게으름을 피운다 해도 우리는 수험생이었다. 적어도 공부는 열심히 해야지, 안 그러면 비참한 미래를 맞이할 것이다……. 아니, 그건 아닌가. 일단 돈은 있으니까.

이게 바로 부자의 여유구나. 나는 그런 것을 실감하면서 공부를 했다.

수험에 대한 부담감이 별로 없다는 것이 나와 스즈카의 강점이었다.

이런 편안한 마음이 최강의 무기가 되어 우리에게 정신적 여유를 줬다.

그런데 아무리 여유가 있어도, 대학에 합격하고 싶다는 욕망은 약해지기는커녕 점점 강해지기만 했다.

특히 최근에는 즐거운 대학 생활을 자주 꿈꾸게 되었다.

부부가 된 다음부터 우리는 예전에는 안 했던 일을 하기 시작했다.

그럼 대학생이 된다면, 틀림없이 지금까지는 하지 않았던 뭔가가 시작되지 않을까. 왠지 그런 생각이 들었다.

아직은 모르는 새 친구를 만나고, 같이 강의를 듣고, 동아리 활동을 하고.

운전면허를 따서 스즈카와 함께 드라이브를 가고. 스즈카와 함께 술을 마시는 것이다.

이처럼 앞으로 일어날 변화가 진심으로 기대되었다.

"아, 잠깐. 화장실."

갑자기 볼일이 좀 보고 싶어져서 나는 화장실로 향했다.

그런데 여기서 여담을 하나 하자면.

우리 집 화장실 사정은 의외로 복잡했다.

소꿉친구였던 시절부터 스즈카는 의외로 냄새, 특히 악취에 대해서는 예민했다.

이 집으로 이사를 왔을 때 스즈카가 나에게 말했다.

『유우키. 너한테 내 냄새를 들키고 싶지 않아. 그래서 화장실은 따로따로 쓰고 싶은데, 그래도 돼?』

다소 귀찮을 때도 있지만, 이렇게 섬세하고 예민한 일면도 스즈카의 귀여운 점이었다.

그래서 나와 스즈카는 각자 다른 화장실을 쓰게 되었다. 2층이 나, 1층이 스즈카였다.

가족답지 못하다는 느낌도 들었지만 어쩔 수 없었다. 스즈카가 신경을 쓰니까.

'이제 막 동거를 시작한 커플이 정해 놓은 규칙 같다'라고 생각하면 왠지 재미있기도 하고. 그러니까 문제는 없다.

"그런데 언제까지 이런 게 계속되는 걸까?"

나는 의문을 입에 담으면서 화장실 문을 열었는데——.

치마와 팬티를 내리면서 앉으려고 하는 스즈카가 거기 있었다.

"아앗, 저기, 잠깐만!"

스즈카는 왼손으로 소중한 부분을 가리면서 오른손으로 나를 밀어내려고 했다.

그런데 발이 꼬이는 바람에 화려하게 이쪽으로 넘어지고 말았다.

"음. 괜찮아?"

나는 쓰러지지 않고 스즈카를 받아 줬다.

나한테 몸을 딱 붙인 스즈카는 그대로 눈동자를 살짝 굴려 나를 쳐다보면서 말했다.

"보, 보였어?"

"보였지."

깨끗하고 건전한? 부부인 나와 스즈카.

그래서 지금까지 서로의 치부를 보여준 적은 없었는데…….

"아————. 쪽팔려서 죽을 것 같아……."

스즈카는 내 가슴팍에 얼굴을 묻더니 끙끙거리면서 괴로워하기 시작했다.

스즈카는 '으~~~~' 하고 신음하기도 하고, 무작정 내 가슴팍에 얼굴을 마구 비비기도 하고, 콧김을 힘차게 뿜기도 했다. 그렇게 다양한 방법으로 '중요한 부분을 나한테 들켜버린 부끄러움'을 표현하고 있는 것이 귀여웠다.

"어휴, 야. 그만 부끄러워하고 이제는 좀 떨어지지 않을래?"

"싫어. 지금 너한테서 떨어지면, 또 보이잖아."

묘하게 어린애 같은 목소리로 그렇게 말하는 스즈카.

하는 수 없지. 나는 눈을 감아 줬다. 그러자 스즈카는 살며시 나한테서 떨어져 나갔다.

눈을 감은 지 몇 초 후. 드디어 스즈카가 허가를 내줬다.

"이제 괜찮아. 팬티랑 치마는 다 입었으니까."

눈을 떴더니 부끄러워하는 스즈카가 내 눈앞에 서 있었다.

물론 치마와 팬티는 잘 입고 있었다.

"응, 그래서? 스즈카. 왜 2층 화장실에 온 거야?"

내가 2층. 스즈카가 1층 화장실을 사용한다는 규칙이 있었다.

그런데 지금 스즈카는 2층을 사용하고 있었다.

"어, 그게. 내려가기 귀찮아서 오늘은 그냥 2층을 사용하자! 하고……."

"신기하네. 너 평소에는 그렇게 헐렁하지 않잖아. 아니, 애초에 문은 왜 안 잠갔어?"

"깜빡했어. 유우키, 너도 가~끔 문 잠그는 것을 깜빡하지 않아?"

"어―, 가끔 깜빡할 때도 있지. 그런 적은 거의 없지만."

"응, 있잖아. 유우키. 저기, 어……."

스즈카는 난처해하는 표정으로 손가락을 꼬물꼬물 움직였다. 무슨 말을 하고 싶어 하는 눈치였다.

오랜 친구 사이기도 하니까. 스즈카가 무슨 말을 하고 싶은지는 어렴풋이 알 것 같았다.

"뭐, 덕분에 좋은 구경을 했으니까. 앞으로도 이렇게 깜빡하고 문을 안 잠그는 이벤트가 일어나길 기대해 볼게."

아내의 알몸을 보고 기분이 나쁠 리 없었다. 아니, 오히려 기뻤다.

하지만 그런 말을 당당하게 하기는 좀 부끄러운데…….

이거 봐, 이러면 내가 여자 밝히는 남자라고 광고하는 것 같잖아.

그럼 안 하면 되잖아? 하고 생각할지도 모르지만, 이 상황에서는 그럴 수도 없었다.

스즈카는 지금까지 남에게 들킨 적도 없고, 일부러 보여준 적도 없는 부분을 나한테 들켰으니까.

혹시나 내가 불쾌해하면 어쩌나? 하고 불안해하는 것 같았기 때문이다.

"에헤헤…… 그래? 다행이다."

겨우 안심했는지 다시 평소처럼 부드러운 표정을 짓는 스즈카.

이제는 컨디션이 회복됐나 보다. 나한테 아주 과감한 질문을 던지셨다.

"유우키, 넌 어때? 화장실에 있는 모습을 나한테 들키면 부끄러울 것 같아?"

"그야 당연히 부끄럽지."

"정말—? 남자는 그런 때 당당한 거 아니었어?"

"아냐, 그렇지도 않아."

"좋아, 그럼 확인해 봐야지. 나도 네가 화장실 갔을 때 꼭 훔쳐봐야겠다."

"야."

"저번에 네가 말했잖아. 기브 앤드 테이크라고. 민망함도 똑같이 되돌려줘야지, 안 그래?"

"아, 네. 고맙네요."

"응. 나는 이제 귀찮아도 꼭 참고 1층 화장실에 갔다 올게!"

화장실에서 볼일을 보지 못한 스즈카는 1층 화장실로 뛰어갔다.

"훔쳐보러 온다고……? 에이, 설마 농담이겠지."

그렇게 생각했는데. 나를 기다리던 현실은 상상과는 달랐다.

27

덜컹, 덜컹덜컹!

"왜 잠갔어?"

"야, 잠그는 게 당연하잖아. 화장실 문은."

"내가 훔쳐볼 거라고 말했잖아! 이런 상황에서는 문을 열어 놓고 대기하는 게 상식 아냐?"

"넌 그렇게까지 하면서 남편의 볼일 보는 모습을 훔쳐보고 싶어?"

"응, 훔쳐보고 싶어!"

내 아내는 역시 변태인 것 같다.

뭐, 어차피 문은 잠겨 있으니까. 저 녀석도 금방 포기할…….

"화장실 문은 말이지. 안에서 사람이 쓰러졌을 때 구조할 수 있도록, 밖에서도 열 수 있게 되어 있거든. 자, 이렇게 손톱을 쓰면……."

"야, 너 그건 반칙이잖아!"

"아, 열렸다."

잠긴 문을 열었어도 설마 안으로 쳐들어오지는 않겠지.

그렇게 생각한 내가 어리석었다.

"안녕하십니까!"

태연하게 들어오셨다.

아니, 너 정말 그래도 돼? 여자로서 그래도 되냐고.

"……그래서, 하실 말씀은?"

"부끄러워하는 유우키의 얼굴은 귀엽구나."

"아, 됐으니까 빨리 나가!"

바지와 팬티를 내린 채 변기에 앉아 있는 나. 스즈카는 그런 내 모습을 정확히 뚫어져라 보고 있었다.

그래, 당연히 여자애한테 이렇게 열심히 관찰당하는 일은 드무니까 엄청나게 부끄러웠다.

그런데 스즈카 씨. 너는 그렇게 자세히 들여다보면서도 왜 그렇게 태연한 거야?

의외로 순진한 일면도 있으니까. 여기서는 얼굴이 새빨개져야 하는 거 아니야……?

"유우키의 미니 유우키를 밝은 곳에서 봤습니다! 응, 오케이. 그럼 안녕!"

스즈카는 쾌활하게 화장실에서 나가면서 말했다.

그건 그렇고, 문제는.

"저 반응은 대체 뭐지?"

남자의 남자다운 부분을 들켰다.

과연 상대는 그걸 보고 어떻게 생각했을까. 저절로 궁금해지는 것이 남자란 생물이었다.

아니, 그런데 저 녀석은 내 거시기를 보고도 왜 저렇게 여유가 있는 거지?

"하긴, 방금 그것보다도 더 부끄러운 장면을 보여준 적도 있으니까……."

그건 나와 스즈카가 중학교 2학년이었을 때의 일──.

♡ ♡ ♡

중학교에서 평범한 일상을 보내고 집에 돌아온 나.

여러모로 어른스러워진 나의 일과.

그것은 어, 뭐랄까. 어찌 보면 정말 남자다운 것이었다.

중학생의 욕구를 만만하게 보면 안 된다. 중학교 입학 선물로 휴대폰을 받은 다음부터는 쉽게 그런 일을 하게 되었다. 오늘도 마찬가지로 나는 흥분을 해소시키고 있었다. 그런데 그때.

벌컥! 하고 힘차게 내 방의 문이 열렸다.

"안녕, 유우키! 내가 오랜만에 너희 집에 놀러 왔……다?"

그렇게 외치면서 내 방으로 쳐들어온 사람은 소꿉친구인 스즈카였다.

옛날에는 자주 내 방에 드나들었지만, 중학생이 되고 나서는 방문 횟수가 확 줄어들어서 거의 학교나 길거리에서만 마주치게 되었는데.

그런 스즈카가 갑자기 무슨 바람이 불었는지 돌연 내 방에 나타난 것이다.

"……."

"……."

둘 다 말문이 막혔다. 숨 막히게 어색한 분위기였다.

나는 허둥지둥 옷을 제대로 입은 뒤 스즈카를 돌아봤다.

"저기, 어, 그게, 음."

스즈카는 입을 뻐끔거리고 있었다.

덤으로 얼굴도 새빨갰고, 눈동자가 이리저리 굴러다니고 있었다.

한편 나는 무슨 말을 하면 좋을지 몰라서 그저 멍하니 서 있었다.

그런 시간이 몇 초쯤 지속됐을까. 그 후 나와 스즈카가 내린 결단은……

"아, 안녕? 갑자기 웬일이야?"

"어, 아니, 저기, 얼마 전에 여행 갔다는 이야기를 했잖아? 그때 사 온 선물을 주려고 왔는데."

"그, 그래? 고마워."

"으, 응!"

아무것도 못 봤다. 아무 일도 없었다. 우리 둘 다 그런 식으로 행동할 수밖에 없었다.

하지만 실제로는 무슨 일이 벌어졌었다. 스즈카는 나에게 선물을 주자마자 얼른 자기 집으로 돌아갔다.

또다시 내 방에서 혼자가 된 나는 침대에 드러누워 생각에 잠겼다.

스즈카한테 들켰다. 부끄러워 죽겠다……. 아니, 도대체 그 표정은 뭔데.

처음 보는 스즈카의 표정이었다. 어? 뭐 하는 거야? 하는 표정. 설마 내가 이런 짓을 할 거라고는 생각도 못 해봤다는 식으로 허를 찔린 표정이었다.

그때 나는 저절로 궁금해졌다.

스즈카도 나처럼, 몰래 이런 짓을 하는 걸까……?

아니, 잠깐만. 무슨 생각을 하는 거야. 이상한 생각 하지 마.

어휴……. 내일은 어떤 식으로 스즈카를 대하면 좋을까.

그렇게 고민해 봤지만 딱히 해결책은 찾지 못한 채 다음 날을 맞이하고 말았다.

학교 가는 길. 나와 스즈카는 늘 비슷한 시간대에 걸어가기 때문에 마주치지 않는 경우가 오히려 드물었다.

집에서 나오는 시간을 바꿀까? 하고 생각해 봤지만, 그러면 내가 지나치게 거북해하는 것처럼 보여서 한층 더 거북해질까 봐 관뒀다.

그리하여 나와 스즈카는 오늘도 평소처럼 학교 가는 길에 마주치게 되었다.

"아, 안녕? 유우키."

"으, 응. 안녕."

나와 스즈카는 왠지 어색하게 인사를 나눴다.

어제는 아무 일도 없었다. 아무래도 그렇게 되지는 못할 것 같았다.

나란히 걷고 있는 스즈카와 나 사이의 거리는 평소보다 반걸음쯤 더 떨어져 있었다.

물리적으로 거리를 둘 뿐만 아니라 태도도 좀 서먹서먹하게 변한 스즈카.

그런 스즈카를 힐끔 봤다가, 운 나쁘게도 눈이 딱 마주치고 말았다.

"어, 응? 왜?"

"아니, 아무것도 아니야……."

나는 스즈카한테서 도망치고 싶었다. 당장이라도 먼저 간다고 말하고 중학교까지 뛰어가고 싶었다. 그래서 진짜로 '나 먼저 갈게!'라고 말하려고 했을 때.

"저기, 어제는 미안했어."

스즈카가 미안해하는 목소리로 나에게 사과했다.

"아, 아니, 뭐가?"

"그건, 그거를, 어……."

"……나야말로 미안해. 이상한 것을 보게 해서."

내가 그렇게 사과함과 동시에.

스즈카는 아까와는 전혀 딴판인 활기찬 목소리로 말하면서 내 등을 때렸다.

"응, 좋아! 어제 일은 이걸로 끝난 거야, 오케이?!"

그럼 나도 과거는 다 떨쳐 내야지.

그래서 무난하게 잡담이나 하면서 평소처럼 지내려고 했는데——.

스즈카의 시선이 묘하게 내 하반신을 향하고 있는 것이 느껴졌다.

"아, 아니, 안 봤거든?"

"난 아무 말도 안 했는데."

내가 물어보지도 않았는데 스즈카는 '안 봤거든?' 하고 우겨 댔다.

그 얼굴은 은은하게 붉어져 있었다.

♡ ♡ ♡

"아니, 그때도 그랬는데, 역시 오늘 반응은 좀 이상하지 않나⋯⋯?"

스즈카는 나의 소중한 부분을 자세히 봤는데도 지나치게 침착했다.

그게 이해가 안 가서 나는 복도에 오랫동안 서서 생각에 잠겨 있었다. 그러다가 스즈카가 있는 거실로 향했다.

"어서 와. 늦었네?"

"으, 응. 좀 신경 쓰이는 것이 있어서."

"에이, 거짓말~~~. 그냥 나한테 들킨 게 부끄러워서 끙 끙거리고 있었던 거 아냐?"

스즈카는 내 뺨을 콕콕 찌르면서 도발했다.

"아니, 정말로 신경 쓰이는 게 있었어."

"흐—음? 그래, 신경 쓰이는 게 뭔데?"

"스즈카. 넌 의외로 순진한데, 내 거시기를 보고도 상당히 여유가 있어 보였거든? 그게 신경 쓰여서."

"응? 그야 뭐, 잘 때……. 아니, 아무것도 아니야."

"잠깐, 방금 '잘 때……'란 말이 들렸는데? 너 설마 내가 잘 때 마음대로 이런저런 짓을 한 건 아니지?"

"어휴, 뭐야~. 그럴 리가 없잖아. 유우키, 너 자아도취 환자야?"

스즈카는 예쁜 손톱이 달린 손가락으로 나를 가리키면서 말했다.

생글생글 웃으며 얼버무리려고 하는 스즈카. 나는 그 뺨을 손으로 꽉 눌러 찌그러뜨렸다.

나 때문에 입술이 삐죽 튀어나온 스즈카는 난처한 표정으로 실토했다.

"에헤헤? 있지, 유우키. 네가 잘 때 이것저것 하긴 했어. 아주 가~끔."

"가끔이 아니지?"

아직도 거짓말을 하고 있는 것 같아 더 추궁했다.

"3일에 한 번."

"이것도 아니고. 실제로는?"

"기회만 있으면 매일!"

신나게 커밍아웃을 하셨다.

그렇다. 내 아내는 아마도 내가 잠든 사이에 마음껏 활개치고 다니는 모양이다.

도대체 내가 잠든 사이에 스즈카는 무슨 짓을 하는 걸까?

뭐, 대충 짐작은 가지만.

이 녀석은 복근을 사랑하는 여자애다. 내가 잠잘 때 옷을 걷어 올리고 실컷 감상하는 것이리라.

그리고 그 외의 행동도 하고. 예를 들면…….

"내 팬티를 벗긴 적은?"

"에헤헤……."

"응, 그래, 그랬구나."

'네'라고 말하진 않았지만, 나는 충분히 알 것 같았다.

아까 내 거시기를 봤을 때 스즈카가 순진한 반응을 보여주는 대신에 당당하게 행동할 수 있었던 이유를 말이지!

"야, 남의 팬티를 마음대로 벗기다니, 그건 변태잖아?"

"사랑 때문이야, 사랑 때문이라고! 그러니까 변태는 아니거든?"

"그럼 만약에 내가 네 옷을 벗긴다는 사실을 알게 되면?"

"와, 야하다! 하고 흥분하면서 기뻐할지도 몰라!"

"아, 네. 그래서? 너 팬티만 벗긴 게 아니라, 뭔가 다른 짓도 했지?"

이 녀석이 단순히 벗기기만 하고 끝날 리가 없었다.

틀림없이 그 외에도 무슨 짓을 잔뜩 했을 것이다.

"그런 것까지 말할 수는 없어."

수줍어하는 것처럼 눈을 내리깔고 말하는 스즈카.

너무 귀엽잖아. 이러면 무슨 짓을 당해도 용서해주게 될 것 같았다.

"설마 만화의 참고 자료로 쓰겠다면서 그 팬티의 내용물까지 사진으로 찍어놨다든가, 그런 건 아니지? 아무리 그래도."

'그런 짓은 안 했어!'라는 장난스런 대답을 기대하면서 나는 농담조로 물어봤다.

어라? 그런데 스즈카의 표정이 왠지 심각해 보인다?

"서, 설마 그럴 리가~. 아무리 그래도, 그런 짓은 안 했는데?"

"그래. 했구나."

스즈카는 자기 주변에서 일어난 사건을 좀 각색해서 그려내는 일상 만화 작가를 목표로 하고 있었다.

과연 내 팬티의 내용물이 만화 자료로서 필요한 걸까?

"남들이 보기라도 하면 큰일 나니까 나중에 꼭 지워. 아무튼 결혼하고 나서부터 은근히 그런 생각을 했는데……."

"응, 뭐?"

"아냐, 됐어. 말 안 할래. 사랑 때문이라고 하니까. 그렇게 생각하면 이해 못 할 것도 아니고."

아침에 내 팬티 냄새를 맡기도 하고, 내가 잠자는 동안에 마음대로 팬티를 벗기기도 하고, 심지어 사진까지 찍고 있는데.

사랑 때문이라고 하면 평범한 행동이라고도 할 수 있으려나 싶어서 일단 입을 다물었다.

그러나 역시 한마디쯤은 하고 싶으니까 말해야겠다.

"스즈카는 의외로 나쁜 아이구나."

제2화 그야 물론 좋아하니까 그러지

내가 잠자는 사이에 스즈카에게 이런저런 짓을 당한다는 것은 알았지만, 그렇다고 나한테 선택의 여지가 있는 것도 아니었다.

그만두라고 해봤자 스즈카는 그만두지 않을 테고, 애초에 그만두게 할 생각도 없었다.

결국 아무것도 변하지 않았다. 아니, 조금 변한 것도 있나.

씻을 때 평소보다 더 몸을 박박 문질러 깨끗이 씻게 되었다.

평소보다 조금 더 청결해진 나는 밤늦게까지 공부하고 나서 침대 속으로 들어갔다.

그러자 스즈카도 잘 준비를 마치고 내 옆으로 다가왔다.

"흐암~ 피곤하다. 오늘도 공부하느라 고생했어."

"응, 너도 고생했어. 오늘은 공부 많이 했어?"

"그냥저냥 했어. 유우키, 넌?"

"나도 그냥 보통이야."

"아, 그런데 말이지. 네가 자는 동안에 내가 이것저것 한다는 것은 들켰잖아? 관두는 게 나을까?"

"아냐, 됐어. 난 신경 안 써."

"에헤헤, 그렇구나."

"나 말이야. 그렇게 장난을 쳐도 모를 정도로 푹 자?"

"음~ 새벽에는 푹 자는 편이야. 일어나기 직전에는 진짜로 잠에 취해 있는지, 내가 좀 과격한 짓을 해도 괜찮았어."

"흐음—."

"유우키. 넌 잠자는 나한테 뭔가 하고 싶지 않아?"

"아니, 양심에 찔려서 못 하겠어. 왠지 비겁한 것 같잖아."

"너도 참 고지식하구나. 참고로 난 언제든 환영이거든?"

"알아. 그럼 잘 자."

"응, 잘 자~."

방의 불을 약하게 켜놓고 나와 스즈카는 잠들었다.

아니, 실은 잠든 척하면서 30분쯤 버텼을 때.

"잠자는 사람을 덮치는 것은 양심에 찔리지만, 그래도 덮치고 싶지 않은 것은 아니니까……."

옆에서 쿨쿨 코를 골면서 자고 있는 아내를 돌아봤다.

민소매 캐미솔과 반바지. 상당히 위험한 차림새였다.

"나도 당했잖아? 오늘은 잠자는 스즈카를 내 마음대로 해봐야지."

번뇌 때문에 잠이 올 것 같지도 않았다. 그래서 나는 정신없이 잠을 자는 스즈카한테 과감하게 장난을 쳐보기로 했다.

양심에 찔리긴 해도, 욕망은 이길 수 없다. 그것이 남자의 습성이다.

캐미솔을 걷어 올리고 가슴을 봐줘야겠다.

그리고 기회가 되면, 화장실에서 우연히 봤던 하반신도 제대로 봐야지.

잠자고 있는 스즈카를 깨우지 않도록 조심하면서 옷을 걷어 올렸는데…….

가슴 아래쪽에 큼직하게 매직으로 쓴 글씨가 있었다.

『유우키는 짐승♡』

"푸후웁! 이, 이 녀석……!"

필사적으로 웃음을 참았다.

아무래도 내 행동은 처음부터 다 들켰나 보다.

"아니, 이렇게까지 크게 써놓을 필요가 있어?"

아내의 이 장난스러운 행동은 내 마음의 번뇌를 깨끗이 날려 보내줬다.

가슴은 다음 기회에 봐야겠다. 오늘은 앞일을 예측한 스즈카의 승리. 나의 패배다.

이대로 가슴을 구경해 봤자 패배감만 느껴질 것이다.

"잘 자."

코를 골면서 숙면하는 스즈카에게 나는 그렇게 말한 뒤 눈을 감았다.

♡♡♡

다음 날 아침.

스즈카가 잠자는 나한테 못된 장난을 친다는 것을 알았기 때문일까? 일부러 일찍 일어나려고 하지도 않았는데 조금 일찍 눈이 떠졌다.

오늘도 장난을 쳤을까? 나는 그런 생각을 하면서 옆에 있는 아내를 봤다.

그러자 아직 침대의 내 옆자리에 누워 있는 스즈카와 눈이 마주쳤다.

"우후후♪"

스즈카는 기분 좋게 콧소리를 내면서 웃었다. 그리고 입술을 혀로 핥았다.

입술이 요염하게 반들거렸다.

은근히 야한 분위기를 연출하고 있는 스즈카. 그걸 보니까 괜히 가슴이 두근거렸다.

"오늘도 뭔가 했어?"

"글쎄?"

생긋 웃는 스즈카.

스즈카한테 무슨 짓을 당했을까. 혹시 단서가 남아 있나? 하고 나는 자기 몸을 살펴봤다.

그랬더니 왼손 검지와 중지가 마치 목욕탕에 들어갔다 나온 것처럼 물에 불어 있었다.

"내 손가락을 가지고 뭐 했어?"

"빨았지."

"뭐? 아니, 뭐 하는 짓이야?"

"남자 손은 진짜 최고라니까. 이거 봐, 여자 손과는 달리 울퉁불퉁한 느낌이고, 혈관이 불거지고, 손가락이 굵잖아. 이런 거 너무 좋지 않아?"

복근 이야기를 할 때와 마찬가지로 반짝반짝 눈을 빛내면서 내 손을 들여다보는 스즈카.

아무래도 스즈카는 여기서 또 하나의 새로운 취향에 눈떠 버린 것 같았다.

"스즈카, 넌 뭐든지 다 좋아하는구나?"

"응, 굉장하지 않아?"

의기양양한 표정을 짓는 스즈카.

아니, 저기요. 칭찬한 게 아닌데요?

"그래서. 손가락은 왜 빨았는데?"

"응? 그야 뭐, 좋아하는 거라면 입에 넣어 보고 싶어지지 않아?"

"안 그래! 야, 이 변태야."

"남자가 여자 가슴을 핥고 싶어 하는 것과 마찬가지야."

"그, 그렇게 말하면, 반론하기 어렵잖아……."

하기야 변태라고 부르기에는 좀 약한 행위인가? 하는 생각이 들었는데, 바로 그때.

"자~ 그럼 한 번 더~."

스즈카가 내 손가락을 다시 입에 물더니 빨기도 하고, 혀로 핥기도 했다.

그러자 뭐라 형용하기 어려운 감촉이 손가락에서 느껴졌다.

나는 좀 야릇한 기분에 잠기면서도, 전부터 스즈카에게 궁금했던 것을 물어봤다.

"넌 나를 좋아해서 이런 짓을 하는 거야? 아니면 처음부터 변태였어서 이런 짓을 하는 거야?"

내 질문에 대답하려고 스즈카는 손가락을 빠는 짓을 그만 뒀다.

그리고 수줍어하는 얼굴로 나에게 대답해줬다.

"에헤헤…… 그야 물론, 너를 좋아하니까 그러지. 내가 처음부터 변태였으면, 결혼하기 전부터도 너한테 이렇게 나쁜 장난을 쳤을 거야."

듣고 보니 그랬다.

스즈카가 변태 같은 행위를 자주 하게 된 건——.

나와 결혼한 다음부터니까.

제3화 서큐버스인 내 아내

"왔다. 왔어!"

아내는 택배 상자를 들고 신이 나 있었다. 곧 의기양양하게 상자를 개봉하기 시작했다.

"코스프레 의상을 샀거든! 어휴, 네가 해 달라고 해서. 어쩔 수 없이 샀다니까."

"응, 그래서 솔직한 심정은?"

"코스프레가 재미있어!"

"그래, 너 그때도 참 적극적이었지."

호텔에서 코스프레를 할 때 스즈카는 즐거워 보였다.

나를 기쁘게 해주려는 마음도 있었겠지만, 그것과는 별개로도 진심으로 그 플레이를 만끽하던 모습이 머릿속에 선명히 남아 있었다.

"그게 말이지, 오타쿠로서의 내 컬렉터 정신을 자극하더라고. 잘 만들어진 것 같은 의상을 발견하니까, 충동적으로 주문해 버렸어."

"아하―. 그래서 어떤 의상을 샀는데?"

"넌 모르는 만화 캐릭터 의상."

"만화 코스프레? 그런 것도 있구나."

"응? 아니, 오히려 코스프레는 보통 이런 걸 말하잖아?

아무튼 한번 보자, 과연 퀄리티가 어떤지~?"

스즈카는 택배 상자 속에 들어 있는 의상 세트를 신나게 꺼내기 시작했다.

그 의상은 광택이 있는 검은색 가죽으로 되어 있었다. 가슴과 사타구니를 가리는 기능이 매우 부실해 보이는 속옷 같은 형태였다.

그리고 부속품도 있었다. 귀, 꼬리, 날개, 가터벨트, 팔뚝까지 올라오는 긴 장갑, 긴 머리 가발이었다.

"그게 도대체 무슨 코스프레야? 아니, 좀. 야하지 않아?"

"『서큐버스가 좋아하는 것!』이란 만화의 여주인공인『사키』가 서큐버스일 때의 모습이야. 그러니까 야한 게 당연하지."

"그, 그래?"

"참고로 이 작품은 애니메이션으로도 만들어졌어. 그런데 얘가 참 섹시하고 귀여운 여자애거든?! 에헤헤……."

스즈카는 헤벌쭉한 표정을 짓고 있었다. 곧 침도 흘릴 것 같았다.

『서큐버스가 좋아하는 것!』이라…….

그동안 한 번도 스즈카가 나한테 추천해 준 적이 없는 작품인데.

"그렇게 옷을 살 정도로 좋아하면서, 왜 나한테는 포교를 안 했던 거야?"

"그야 뭐, 야한 러브 코미디니까! 너는 열혈 스포츠물이나 배틀물이 아니면 거의 관심이 없잖아? 아, 시험 삼아 읽어

볼래?"

스즈카한테서 『서큐버스가 좋아하는 것!』이란 만화를 빌려 읽어봤다.

장르는 에로틱한 러브 코미디. 여주인공이 서큐버스란 것이 특징이었다.

여주인공인 사키는, 무조건 순결을 지키려고 하는 남자 주인공을 만나 첫눈에 반했다. 그래서 반드시 주인공을 공략하겠다! 하고 분투한다. 그런 이야기였다.

남자 주인공과 서큐버스 여주인공 사키, 두 사람의 시점에서 묘사되는 러브 코미디였다.

40분 만에 나는 1권을 다 읽었다.

만화책을 탁 덮었더니, 스즈카가 기대하는 듯한 얼굴로 나에게 감상을 물어봤다.

"아, 다 읽었어? 어때?"

"글쎄……."

굉장히 재미있었다. 아니, 좋았다고 해야 하나?

스즈카와 결혼해서 그런가? 요새는 연애란 요소를 강하게 의식하게 되었다.

그래서 이 작품이 엄청나게 가슴에 와 닿았다.

"저기~ 그래서? 감상은?"

"나, 나쁘진 않았어."

"아, 이거 봐. 역시 관심이 없…… 으, 응?"

"이런 작품도 꽤 괜찮네."

"우와, 별일이다. 네가 그런 말을 하다니."

"이제 연애는, 내 생활과 밀접한 존재가 되었으니까……."

"보통은 그 반대 아냐? 대부분의 사람들은 '연애에는 관심이 있지만 실제로는 할 수 없으니까 만화나 애니메이션을 통해 유사한 체험이라도 하고 싶어!'란 이유로 이런 작품을 읽거든?"

내가 관심을 보인 게 스즈카는 정말로 기뻤나 보다. 열성적으로 나에게 여러가지를 물어 왔다.

"저기, 어떤 점이 좋았어?"

"여주인공이 귀엽게 적극적으로 접근하는 게 좋았어. 남자 주인공한테 자기 존재를 의식시키려고 최선을 다하는 것이 훌륭했어. 게다가 그 수단이 상당히 야해서, 어, 뭔가 남심을 강하게 자극하더라고."

"아, 이해해. 그거 진짜 최고지! 여자인 나한테도 그게 먹힌다니까."

나는 스즈카가 이번에 구입한 옷 쪽으로 눈을 돌렸다. 사키가 서큐버스로 활동할 때 입는 위험한 코스프레 의상. 그걸 보면서 말했다.

"아니, 그래도 용케 저런 옷을 입기로 결심했구나?"

"안 입을 건데?"

"뭐? 안 입어?"

우리는 서로 '무슨 소리를 하는 거야?'란 표정으로 마주 봤다.

아니, 코스프레 의상은 보통 입는 거 아냐?

"이건 관상용이야. 마네킹에 입혀 놓고 감상하려고 샀어."

"……아─, 그런 식으로 즐길 수도 있구나?"

"응, 그야 뭐. 이렇게 야한 의상을 실제로 입으면 부끄럽잖아?"

"그건 그래."

"설마 내가 입을 줄 알고 기대했던 거야? 네가 간절하게 부탁한다면, 글쎄. 내가 입어 줄 수도 있고~ 응?"

우후후 하고 웃으면서 내 얼굴을 들여다보는 스즈카.

기, 기대하지 않았다고 하면 거짓말일 것이다.

웬만한 승부 속옷보다도 더 선정적이고 매력적인 디자인이었으니까.

"그, 그런데 그거, 얼마였어?"

"……."

그 순간 할 말을 잃고 조용해진 스즈카. 그걸 본 나는 깨달았다.

틀림없이 비싼 물건이구나.

"얼마였어?"

"……만 엔."

"안 들리는데요."

"가발까지 포함해서, 3만 엔 줬어. 에헷?"

웃으면서 대충 넘어가려고 하는 스즈카.

나는 그런 스즈카의 뺨을 손으로 꾹 누르면서 압력을 가했다.

"충동구매는 하지 말자. 낭비는 하지 말자. 바로 얼마 전에 그런 이야기를 했잖아?"

"우우~~~~~."

스즈카는 나한테 볼이 꽉 눌린 채, 우우 하고 입술을 떨면서 불만스러운 표정을 지었다.

화가 나야 하는데, 그 귀여운 모습을 보니 저절로 용서해주고 싶은 기분이 들었다…….

그러나 나는 마음을 독하게 먹고 스즈카를 추궁했다.

"어때. 할 말 있어?"

"이 정도는, 괜찮지 않아? 소중히 잘 쓸게. 이것은 필요한 물건이야!"

"아니, 그런데 왜 그렇게 비싼 거야? 호텔에서 샀던 의상은 훨씬 더 쌌잖아."

호텔에서 스즈카가 입은 의상은 아무리 비싸봤자 1만 엔도 안 되었다.

그런데 이번에는 3만 엔. 부속품이 화려하긴 해도, 이건 너무 비싸다는 생각이 들었다.

"공식적으로 나온 굿즈라서 그래."

"그러다가 언젠가 애정이 식어서 필요 없어지면, 너 후회할걸?"

"나는 안 그래."

"……휴. 알았어, 이번엔 관대하게 봐줄게."

스즈카는 물건을 소중히 여기는 타입이다.

틀림없이 3만 엔이나 되는 코스프레 의상을 사랑할 테고, 소중하게 잘 장식해 놓을 것이다.

그리고 혹시 싫증이 나더라도 아무렇게나 내버리진 않을 것이다. 절대로.

그래, 그냥 특별한 인테리어 소품을 샀다고 생각하자.

무조건 안 돼, 낭비야, 쓸모없어! 하고 몰아붙이는 것도 이상하니까.

게다가 금전적으로 여유가 있기도 하고. 돈이 없었으면 '쓸데없는 낭비는 하지 마!' 하고 화냈을 테지만…….

이런 일로 매번 예민하게 굴어 봤자 소용없는 것이다.

"와―! 고마워. 유우키, 사랑해!"

"그래도 적당히 해. 알았지?"

"응, 나도 그건 알아."

그런 사건이 일어난 지 이틀 후. 스즈카 앞으로 택배가 도착했다.

"뭐 샀어?"

"대입 준비용 참고서."

"참고서? 그럼 나한테도 보여줄래?"

스즈카가 들고 있는 택배 상자를 몰수했다.

열어봤더니 그 안에서 튀어나온 것은 참고서가 아니라 코스프레 의상이었다.

"이게 뭐야?"

"『서큐버스가 좋아하는 짓!』의 여주인공 사키의 의상, 버전2!"

"소중하게 여길 거야?"

"응, 무지무지 소중하게 여길 거야."

하는 수 없지. 용서해 줬다.

그랬더니 다음 날.

또 스즈카가 코스프레 의상을 샀다.

덤으로 그 의상을 입힐 수 있는 거대한 마네킹까지 세트로 구매했다.

"……뭔가 할 말은 있어?"

"이것은 사키의 라이벌, 뱀파이어 금발 벽안 소녀인 이아의 의상이야."

"가격은."

"이것도 이것저것 다 합쳐서 3만 엔. 그리고 마네킹은 2만 엔."

"아무리 그래도 너무 많이 사는 거 아냐?"

"하, 하지만, 갖고 싶은 걸 어떡해. 돈은 있으니까. 지금까지는 갖고 싶어도 꾹 참았단 말이야."

"응, 갖고 싶은 마음은 이해하는데. 좀 더 생각을 하고 사자. 일단 오늘은 용서해 줄게."

"……응."

시무룩하게 풀이 죽은 스즈카.

돈도 있고, 물건을 살 여유도 있다. 하지만 이런 소비 속도는 위험하다.

설마 앞으로 날마다 이러지는 않을 테지만······.

이거 좀 위험하지 않나? 하는 생각이 들어서 나는 즉시 도와줄 사람에게 전화를 걸었다.

"장모님. 요새 스즈카의 금전 감각이 이상해지고 있는데요······."

『어머나, 큰일 났네. 그럼 내가 가서 설교해 줄게.』

"네, 부탁 좀 드릴게요······. 저는 걔한테 약해서 다 용서해 버릴 것 같거든요."

『응. 스즈카 일은 나한테 맡겨.』

"네, 장모님. 잘 부탁드릴게요."

『오늘 8시쯤에 그쪽으로 갈게.』

"안녕? 유우키. 잘 지냈니?"

여전히 젊고 몸매도 좋은 스즈카의 어머니가 우리 집에 찾아오셨다.

이게 몇 번째더라? 의외로 자주 오시는 편이라서 횟수도 잊어 버렸다.

아무튼 지금은 그게 문제가 아니었다.

나는 장모님께 상황을 보고했다. 스즈카가 자신이 좋아하는 만화 캐릭터의 코스프레 의상을 마구 사들이고 있다는 것을.

"그렇구나. 뭐, 그 금액은 너희들한테는 별로 큰 문제가 되지는 않을 테지만. 확실히 위험한 경향이네."

"네, 그렇게 생각해서 장모님을 부른 거예요."

"돈은 중요해. 특히 너희는 저축해 둔 돈은 있어도 수입은 없잖아. 그런데도 돈을 생각 없이 펑펑 쓰는 것은 굉장히 위험해. 돈을 벌 수 있는 사람이 꾸준히 돈을 벌면서 펑펑 쓰는 것과, 지금까지 모아둔 돈이나 운 좋게 굴러 들어온 돈을 펑펑 쓰는 것은 전혀 다르니까."

"와, 뭐야. 엄마가 뭔가 있어 보이는 말씀을 하시네."

"어휴, 이 못난 딸아. 난 말이지, 네가 생각하는 것보다 훨씬 더 돈에 관해서는 진지하게 고민하면서 살고 있거든?"

"진짜—? 하지만 엄마가 가계부 쓰는 걸 본 적이 없는데?"

"쓰고 있어."

"정말?"

스즈카가 의심하는 투로 물어봤다.

그러자 장모님은 실례잖아! 하고 언짢은 표정을 지었다.

"그야 당연히 자식이 안 보는 곳에서 하고 있지. 자식한테 돈 걱정을 시키고 싶지 않으니까."

부모님의 진심을 조금이나마 알게 되자, 스즈카도 진지한 표정으로 말했다.

"엄마의 노후는 걱정하지 마. 내가 잘 모실게."

"후후, 됐어. 너희 아빠의 수입만으로도 충분히 살 수 있으니까. 아무튼 이야기가 딴 데로 샜네. 자, 다시 처음부터 하자. 유우키. 상황을 한 번 더 설명해 줄래?"

"네, 실은 지난 1주일 사이에······."

나는 1주일 사이에 스즈카가 코스프레 의상을 사느라 약 10만 엔을 썼다는 사실을 이야기했다. 그러자 장모님은 주의를 주려고 조금 큰 목소리로 스즈카를 나무라셨다.

"무조건 안 된다고 말하진 않을게. 하지만 돈을 쓸 때에는 좀 더 생각을 하고 써."

"네······."

"이번에는 코스프레 의상이었지만, 네가 관심을 가지는 대상이 보석이나 명품이나 액세서리처럼 더 비싼 고급품으로 변하면? 금방 돈을 다 써버리게 될 거야."

"응."

진심으로 반성하는 스즈카.

장모님을 여기로 모셔 오길 잘했다. 그런 생각을 하고 있는데──.

"유우키, 너도 문제야. 스즈카가 잘못된 행동을 하면 네가 제대로 혼내야지. 무작정 다정하게 대하는 게 남편의 역할은 아니야. 알았어?"

"······잘못했습니다."

"하지만 자기가 직접 혼내거나 강경하게 말할 수가 없어서 나를 부른 건 좋은 선택이었어. 앞으로도 진짜 곤란할 때에는 나한테 의지해 줘. 알았지?"

다정한 눈빛으로 진지하게 나까지 봐주는 장모님의 존재.

나는 정말 운이 좋은 사람이구나. 그런 느낌이 들었다.

"감사합니다. 장모님. 앞으로도 많이 의지할게요. 아, 물론 저도 노력할 거지만요."

"그래, 노력해 봐. 자, 그럼 설교는 이제 끝. 너희들 밥은 아직 안 먹었지?"

큼직한 가방 속에서 몇 가지 음식을 담은 밀폐 용기를 꺼내는 장모님.

일부러 우리를 위해 음식을 만들어 오신 모양이다.

정말 든든한 아군이었다.

그런데 든든한 아군은 장모님 혼자만이 아닌 것 같았다.

"아, 맞다. 유우키. 너희 어머니께서 너희 둘한테 갖다 주라고 하셨어."

건강 기원, 합격 기원 부적을 나와 스즈카에게 각각 나눠 주셨다.

그리고 황당하게도 나한테는 부적이 하나 더 있었다. 순산 기원 부적이었다.

아니, 보통 이런 것은 스즈카에게 줘야 하지 않나……?

"아, 그리고 이 편지도 같이 주라고 하셨어."

장모님은 어머니의 편지를 나에게 건네주셨다.

아들아.

스즈카는 아직 젊어.

순산 기원 부적이 진짜로 그런 부적이 되지 않도록 조심하렴.

엄마가.

"나 참. 어머니다운 걱정이네."

주위의 어른들은 아직 어린 우리를 오늘도 변함없이 걱정해주고 계셨다.

♡ ♡ ♡

장모님이 떠나신 뒤, 내가 거실의 소파에서 편히 쉬고 있는데 스즈카가 시무룩한 얼굴로 나에게 다가왔다.

"미안. 최근에 내가 너무 들떠서 폭주했나 봐……."

"아냐, 신경 쓰지 마. 무슨 명품 백이나 비싼 보석 같은 것도 아니잖아."

금액만 본다면 실은 엄청나게 큰일도 아니었다.

다만 앞으로 큰일로 발전할 가능성이 높았을 뿐이다.

"저기, 있잖아. 유우키. 앞으로 쇼핑할 때는 너랑 상의할게."

"아, 쇼핑을 그만두진 않는구나?"

"응. 갖고 싶은 건 갖고 싶으니까."

이 녀석. 반성한 것 같으면서도 실은 반성을 안 한 게 아

57

닐까?

딱! 하고 나는 스즈카의 머리에 꿀밤을 먹었다.

"아야! 아니, 왜 때려?"

"넌 또 금방 신나서 실컷 쇼핑할 것 같아서."

"아냐―, 나 반성했다니까?!"

"어휴, 정신 차려."

한 번 더 살짝 때렸다.

장모님 말씀이 맞다. 뭐든지 다 용서해 주면 안 된다. 혼내는 것도 내 역할이다.

"유우키. 너한테 이렇게 맞으니까 애정이 느껴져."

"맞으면서 기뻐하지 마. 이 변태야."

"아니, 하지만 정말로 기쁜걸."

"이러면 안 되는데. 좀 더 네가 반성할 수 있도록 벌을 주는 방법을 생각해야겠어……."

나는 턱을 만지작거리며 잠시 생각에 잠겼다.

이번 일로 스즈카가 제대로 반성할 수 있도록 혼내 줄 방법이 없을까? 하고.

그렇게 시간이 좀 지났다. '아직 멀었어~?' 하고 스즈카가 재촉하는 가운데 나는 마침내 아이디어를 떠올렸다.

코스프레 의상 충동구매를 막아 줄 최강의 수단을.

"좋아, 결정했다."

"응? 응, 뭔데?"

"코스프레 의상을 사면, 아무리 관상용으로 샀어도 최소한 한 번은 입어본다. 그게 조건이야."

요새 스즈카가 사들인 코스프레 의상은 대체로 섹시한 타입이었다.

그게 다 관상용이라서 실제로 입어본 적은 한 번도 없었고.

갖고 싶다면 스스로 입어야 한다. 그런 조건이 생긴다면, 구매를 할 때 다소 머뭇거리게 되지 않을까.

물론 섹시한 계통의 의상이 아니라면 이런 방법은 통하지 않을 테지만.

"……유우키, 야한 게 좋은 거구나."

"뭔 소리야."

"아니, 그게 그렇잖아? 갖고 싶으면 스스로 야한 의상을 입어라. 그런 뜻이잖아?"

"뭐, 그건 그렇지. 어차피 농——."

농담이었어. 그렇게 딱 잘라 말하기도 전에 스즈카가 내 말을 가로막았다.

"에헤헤, 실은 이렇게까지 야한 의상은 너무 천박하다! 하고 네가 싫어할까 봐 걱정돼서 입을 수가 없었는데."

"뭐? 실제로는 입고 싶었던 거야?"

"응! 네가 허락해 줬으니까. 그럼 당장 입어 볼까~?"

스즈카는 가벼운 발걸음으로 떠나갔다.

그리고 약 20분 후. 서큐버스 코스프레를 한 스즈카가 내 눈앞에 나타났다.

스즈카가 입고 있는 옷(?)은, 면적이 좁고 광택이 있는 검은색 가죽 쪼가리로 된 수영복 상하의 세트 같은 의상이었다. 그리고 덤으로 가터벨트, 긴 장갑, 서큐버스 같은 날개, 귀, 꼬리를 착용하고 있었고, 머리에는 가발을 써서 머리카락을 길게 늘어뜨리고 있었다.

"어때? 어울려?"

내 눈앞에서 자기 모습을 보여주려고 빙글 한 바퀴 도는 스즈카.

스즈카가 입고 있는 바지는 너무 작았다. 그래서 평소보다 더 엉덩이가 잘 보였다.

게다가 의상 자체의 사이즈도 작은 걸까. 살짝 튀어나온 살이 섹시해 보였다.

"귀엽고 섹시해. 음, 그리고."

"응? 그리고, 뭐?"

"나 말고 다른 사람한테는 절대로 보여주지 마. 알았지?"

"응. 안 보여줄게. 그런데 유우키. 너 얼굴이 완전히 빨개졌어."

어휴, 왜 그래? 하고 의기양양한 표정으로 나를 쳐다보는 서큐버스 스즈카.

그야 당연하잖은가. 귀엽고 섹시하니까. 게다가 가발까지 써서 평소와는 전혀 분위기가 달랐으므로, 진짜 이성이 날아가 버릴 것 같았다.

나는 꼴사납게도 다쳐서 깁스로 고정되어 있는 나의 자유롭지 못한 오른손을 힐끔 봤다.

크윽. 이것만 없었어도 지금 당장 덮칠 수 있었을 텐데……

스즈카와의 첫 경험은 꼭 멋지게 성공시키고 싶다. 그런 남자의 자존심이 내 행동을 방해하고 있었다.

그리고 스즈카는 내 속마음을 다 꿰뚫어 본 모양이다. 사악하게 웃으면서 나에게 가까이 다가왔다.

"난 서큐버스니까. 남자를 덮쳐야지!"

"야, 더 이상 가까이 오지 마. 안 그러면 내가 너를 덮쳐 버릴 거야. 알았어?"

꾹 참고 있는 나한테 스즈카는 와락 달려들어 껴안았다.

"잘 먹겠습니다~♡"

스즈카는 내 귀를 냠냠 하고 살살 깨물었다.

아프진 않고 그냥 기분 좋게 느껴지는 압박감. 귀에 닿는 좀 간질간질한 스즈카의 숨결.

그리고 스즈카의 타액으로 흠뻑 젖어가는 귀.

그 모든 것을 향유하는 나는 당장이라도 한심한 신음 소리를 낼 것 같았다.

필사적으로 참은 지 수십 초쯤 지났을까.

스즈카는 귀를 깨무는 행위에 만족했는지, 내 귓가에 대고 요염한 목소리로 속삭였다.

"잘 먹었습니다♪"

드디어 끝났다. 간신히 이성을 끝까지 유지한 채 참았다.

빨리 이 오른손이 나았으면 좋겠다. 나는 속으로 간절하게 바랐다.

♡♡♡

"저기, 하마터면 이성이 무너질 뻔했거든?"

야한 의상을 입은 스즈카한테 습격당했지만 가까스로 버티는 데 성공한 나는 스즈카에게 그렇게 불평을 늘어놓았다.

아, 진짜 힘들었다. 이것은 나에 대한 정신적인 가정 폭력이 아닐까?

"쳇, 오늘도 유우키가 이겼나~?"

"내가 이겼다고……? 아니, 설마 내 이성을 무너뜨리려고 일부러 장난을 치는 거야?"

"응!"

"……그, 그렇구나."

"에헤헤. 기대된다~. 과연 오른팔이 나을 때까지 버틸 수 있을까, 아니면 도중에 못 참고 나를……. 꺄악 ♪"

이 녀석, 즐기고 있구나. 하기야 나도 즐거우니 괜찮지만.

진짜로 이건 그거다. 우리들이라서 즐길 수 있는 특별한 장난이다.

"아, 맞다. 저번에 이야기했잖아? 우리가 부부가 되기 전에 있어야 했던 '과정'을 되찾아보자고. 그런데 그걸 깨끗이 잊어버렸다는 게 퍼뜩 생각났는데. 저기, 다음에는 뭐 하고 싶어?"

"생략하고 넘어갔던 과정인 데이트와 고백은 이미 경험

했잖아? 솔직히 말하자면, 그다음은…… 관계를 맺는 거 아냐? 어휴, 우유키. 너도 변태구나?!"

"아니, 그다음은 키스잖아?"

"아, 그런가."

스즈카는 얼빠진 표정을 지었다.

키스를 깜빡해 버린 스즈카가 좀 웃겨서 나는 저절로 웃음을 터뜨리고 말았다.

"푸훗. 내 아내, 참 재미있다니까. 아무튼 그래서, 첫 키스는 어떻게 할래?"

"멋진 추억이 될 만한 장소에서 키스하고 싶어! 예를 들면 야경이 아름다운 호텔이나, 바닷가나, 아, 관람차 안도 괜찮지 않아? 으음~~~ 아아, 기대된다!"

낭만적인 것을 좋아하는 스즈카.

이미 부부지만 첫 키스는 멋진 추억으로 만들고 싶은가 보다. 망상이 멈출 줄을 몰랐다.

"너무 부담 주지 마……."

"에이, 왜? 이왕이면 최대한 즐기고 싶잖아?"

분명 지금 당장 첫 키스를 하더라도, 스즈카는 기뻐할 것이다.

그거야 그렇지만. 그래도 나는 엄청나게 기뻐하는 아내가 보고 싶었다.

"나한테 맡겨. 좋은 추억이 될 만한 최고의 무대를 마련해 볼게."

나는 의기양양하게 가슴을 펴고 말했다.

제4화 불쌍한 처제가 왔다

스즈카가 장을 보러 가까운 마트에 갈 준비를 하고 있었다.

"역시 나도 같이 가는 게 좋을까?"

"아냐, 됐어. 오늘은 별로 살 게 없으니까 나 혼자 가도 돼. 다녀올게!"

마트로 장 보러 가는 스즈카를 배웅한 후, 나는 거실 소파에서 휴식을 취했다.

여름방학은 눈 깜짝할 사이에 지나가서 이제는 열흘 정도 남았다.

학력은 향상됐지만, 수험생의 여름방학은 아무래도 작년에 비하면 아쉬운 점이 많았다.

그래도 이것은 장래에 대한 투자. 지금 여기서 노력을 하면 할수록 미래가 밝아진다. 나는 그렇게 생각한다.

내년에는 꼭 스즈카와 함께 여기저기 놀러 가야지. 바다, 온천, 산, 강, 가고 싶은 곳은 얼마든지 떠오르는구나······.

여름방학도 거의 다 끝나가서인가, 나는 소파에 앉아 이것저것 감상적인 생각에 잠겼다.

그런데 그때 딩동— 하는 초인종 소리가 울려 퍼졌다. 우리 집에 손님이 왔음을 알리는 소리였다.

누가 왔나 하고 현관 카메라를 확인해 봤더니, 그곳에는 한 소녀가 서 있었다.

그 사람을 맞이하러 현관문을 열고 밖으로 나간 순간.

"앗, 유우키 오빠. 오랜만입니다. 오늘은 볼일이 좀 있어서 이렇게 오게 되었습니다."

머리는 포니테일 스타일. 스커트 아래 레깅스를 입은 차림새. 달리기에 적합해 보이는 가슴. 기가 세 보이는 눈매. 그리고 실제로도 기가 센 소녀.

그렇다. 이 방문객은 스즈카의 여동생인 토우카였다.

올해 고교생이 되어서 기숙사 생활을 시작하는 바람에 좀처럼 만나지 못하게 된 레어 캐릭터였다.

"오랜만이네. 자, 들어와."

"그럼 실례하겠습니다."

갑자기 왜 왔어? 하고 물어볼 정도로 나는 눈치 없는 남자가 아니었다.

거실로 가는 복도를 걸어가면서 토우카는 두리번두리번 주위를 둘러보더니 나에게 물어봤다.

"이렇게 엄청난 집에서 둘이서 사는 겁니까?"

"응, 조금 분발해서 구입해봤어."

"와……. 조금이 아니라 꽤 심하게 분발한 것처럼 보이는데요."

"그래, 우리가 분발해서 구입한 집의 거실이 여기야. 스즈카는 지금 장을 보러 갔어."

거실에 도착하자 토우카는 입을 딱 벌리고 경악했다.

"……넓다."

"거기 소파에라도 앉아 있어. 바로 차 가져올게."

"아, 네."

우리 집의 분위기에 압도당한 토우카는 소파에는 앉지 않았다. 좌탁 앞에 얌전히 꿇어앉았다.

바깥은 아직 더우니까 여기까지 오느라 틀림없이 고생했을 것이다.

차갑게 식혀 둔 차를 냉장고에서 꺼내서 컵에 따라 가져갔다.

"응, 그래서 오늘은 어쩐 일이야?"

좌탁 위에 차를 내려놓으면서 나는 본론으로 들어갔다.

이렇게 불쑥 찾아온 데에는 뭔가 이유가 있을 것이다.

그러자 토우카는 부들부들 떨면서 소리를 질렀다.

"아니, 그게! 그때 이후로 아무 일도 없다는 게 이상하잖아요?!"

무슨 소리야?

나는 초능력자도 아니라서 남의 생각 따윈 알아낼 수 없었다. 물론 토우카의 말뜻도 이해하지 못했다.

"저랑 유우키 오빠랑 언니, 이 세 사람의 삼각관계 러브 코미디 이벤트가 전혀 일어나지 않다니. 이건 너무 이상하다고요!!!"

"아, 그런 뜻이구나."

전에 만났을 때 토우카가 스즈카한테 그런 말을 했던 것 같다. 빈틈이 있으면 나를 빼앗겠다고.

그 후로 몇 주일이 지난 지금. 무슨 일이 일어났느냐? 하면, 아무 일도 일어나지 않았다.

"정말로 아무 일도 없다니. 대체 어떻게 된 거예요?!"

"만날 기회조차 없어서 그런 게 아닐까?"

"네, 알아요. 안다고요……."

토우카는 울상을 지으면서 탁자 위에 힘없이 고개를 박았다.

"오히려 내가 묻고 싶은데. 정말로 무슨 일이 일어날 거라고 생각했어?"

"아니, 솔직히 말하자면 현실은 알고 있었어요. 하지만 뭔가 좀, 유우키 오빠와 우리 언니 사이에 제가 끼어들 만한 뭔가가 있어도 되지 않나? 하는 생각이 든단 말입니다……."

"아냐, 됐어. 그런 파란의 전개는 필요 없어."

"으아아아아아아앙! 피도 눈물도 없네요!"

응, 그래그래. 나는 어린애 달래듯이 등을 쓸어주면서 위로했다.

토우카는 충격을 받은 것처럼 보이지만, 실은 그게 아닐 것이다.

오래 알고 지낸 사이니까. 토우카가 지금 장난치고 있다는 것을 알 수 있었다.

"응, 그래서? 실제로 우리 사이에 끼어들 마음은 있어?"

그러자 토우카는 방금 전까지와는 백팔십도 달라진 태도로 냉정을 되찾았다.

"아뇨, 없습니다. 실은 운만 너무 좋은 우리 언니를 보고 분해서, 그때는 반사적으로 '내가 유우키 오빠를 빼앗겠어!'라고 말했지만……."

토우카는 한참 뜸을 들이다가 침착하게 고했다.

"기혼자한테 대시한다는 것은 정신 나간 짓이잖아요? 아무리 그래도 행복한 가정을 망가뜨릴 정도로 제가 나쁜 사람은 아니거든요. 그리고 제가 유우키 오빠를 좋아했던 것도 옛날 일이고요."

"응, 그럴 줄 알았어. 너는 착한 아이이니까."

"그런데…… 정말로 둘이 부부가 되어버린 거네요?"

생활감이 느껴지는 거실을 둘러보면서 토우카는 흥미진진하다는 듯이 나에게 물어봤다.

"응, 맞아."

"아무리 증여세가 발생해도 그렇지, 보통 그런 이유로 갑자기 결혼까지 하나요? 아니, 안 하잖아요?"

"글쎄, 그런 말을 해도 말이지……. 그럼 토우카, 네 생각은 어때? 어떻게 하면 이번 일이 잘 해결됐을까?"

"그, 그건……. 어……."

너무나 거칠고 억지스러운 나와 스즈카의 증여세 문제 해결 수단, 결혼.

그런데 생각하면 생각할수록 그 외에 다른 방법은 좀처럼 떠오르지 않는 것이다.

"뭐, 우리가 결혼한 것은 그렇다 치고. 토우카. 너는 여기에 왜 온 거야?"

"그, 그게, 실은……."

토우카는 우물우물 입술만 옴찔거리면서 좀처럼 말을 하지 않았다.

재촉하지 않고 끈기 있게 기다려 줬다.

그러자 토우카는 마침내 결심했는지 숨을 한번 들이켰다가 크게 내쉰 뒤 나에게 고백했다.

"저 말이죠, 지금 다니는 학교를 그만두기로 했습니다."

"아니, 잠깐만. 나와 스즈카 사이에 끼어들기 위해 학교까지 그만둔다고?!"

"아닙니다! 애초에 아까도 말했잖아요? 유우키 오빠랑 언니 사이에 억지로 끼어들 마음은 전혀 없다니까요?"

다, 다행이다. 나에 대한 미련 때문에 이성을 잃은 토우카가 이미 결혼한 우리들 사이에 끼어들려고 학교를 그만둔다면, 난 진심으로 당황했을 것이다.

내가 안도의 한숨을 쉬고 있는데 토우카가 설명을 계속했다.

"뭐, 간단히 말하자면. 그냥 피치 못할 사정이 있어서 방송통신 고등학교로 전학을 가게 되었다는 겁니다. 그 사실을 보고하러 왔어요."

토우카는 멋쩍게 웃으면서 차근차근 상황을 설명해줬다.

문제의 발단은 육상부 코치의 학생 성희롱 사건이었다. 토우카가 성희롱을 당한 것은 아니었다. 피해자는 토우카의 친구였다고 한다.

토우카는 괴로워하는 친구를 그냥 내버려둘 수 없었다. 그래서 증거를 모아 학교에서 그 코치를 쫓아냈다.

그것이 문제였다.

코치는 우수하기는 했다. 그래서 동아리 내에 그를 좋아하는 사람들도 아주 많았다.

그러다 보니 기가 막히게도 토우카를 원망하는 사람들이 나타났다. 너 때문에 코치가 학교를 떠났다! 하는 식으로.

착한 일을 했는데도 오히려 악당 취급을 받게 된 토우카.

학교에서는 물론이고 기숙사에서도 괴롭힘을 당하게 되었다.

결국 학교에서 설 자리를 잃어버린 토우카는 방송통신 학교로 전학 가기로 결심했다.

사건의 경위를 간단히 설명하면 대충 이런 것이었다.

"나보다 더 심한 일을 겪었구나."

축구부에서 내가 당했던 일이 별것 아닌 것처럼 느껴질 정도로 심각한 사건이었다.

토우카를 괴롭히는 녀석들을 내가 대신 혼내주고 싶다. 머릿속이 그런 생각으로 꽉 찼다.

"뭐, 어쨌든 이미 끝난 일이니까요."

토우카는 시원스러운 표정으로 나에게 말했다. 늘 강인한 토우카다운 모습이었지만, 그렇다고 '아, 그러시군요' 하고 가볍게 넘어갈 수는 없었다.

"좀 더 빨리 우리한테 말해 줬으면 좋았을 텐데."

"글쎄요, 그런가요? 유우키 오빠도 동아리 내에서 괴롭힘을 당했을 때 언니한테 계속 비밀로 했다고 들었습니다만?"

"말하고 싶어도, 말할 수 없는 건가."

"네. 그런 겁니다."

체면, 자존심, 누구나 그런 것을 완전히 버리진 못한다.

자신은 남한테 따돌림이나 괴롭힘을 당할 정도로 약한 인간이 아니다.

주변 사람들에게 자신이 비참한 존재임을 알린다. 그것이 몹시 분한 것이다.

최근에 나도 경험했었다.

모든 것을 숨김없이 솔직하게 털어놓을 수 있는 사람은, 거의 없다.

"아무튼 고생했어. 그런데 그 존댓말 말이야. 괴롭힘의 일환으로 강요당한 게……."

사실 토우카는 고등학교에 들어가기 전에는 훨씬 더 편한 말투로 말했었다.

흔한 괴롭힘 중에 '야, 너 왜 건방지게 반말해?!' 하고 이유 없이 혼나는 것도 있다.

혹시 토우카도 그런 이유 때문에 이렇게 친한 사람한테도 '다나까 체'로 말하는 여자애가 되어버린 게 아닐까. 나는 가슴이 아팠다.

"아뇨, 이것은 순수한 이미지 체인지입니다. 고교 데뷔를 하면서 일부러 캐릭터를 변경한 겁니다."

"토우카. 정말로 네 의지로 변경한 거야?"

"네. 어때요? 전보다 더 단아하고 멋진 여자처럼 보입니까?"

"나쁘진 않다고 생각해. 뭔가 좀 딱딱한 느낌도 들지만."

"아뇨, 이 정도가 딱 좋습니다. 어차피 사회인이 되면 상사나 거래처 사원 앞에서 공손하게 알랑거려야 하니까요."

"너도 성격이 꼬였구나."

"아, 덤으로, 이렇게 말투를 바꾸면 오빠가 저를 이성으로 봐주지 않을까? 하고 기대한 것도 이유 중 하나였습니다. 실은 지금도 그런데, 오빠는 나를 완벽하게 여동생으로 인식하고 있잖아요?"

"응? 아니, 왜 나한테 여자로 보이고 싶은데?"

토우카는 더 이상 나를 좋아하지 않는다.

그렇다면 굳이 여자로 보여야 할 필요도 없을 텐데.

"왠지 억울하잖아요? 언니는 소꿉친구인데 나는 여동생 취급이라니. 일단 저도 카테고리를 따진다면 분명히 소꿉친구이지 않습니까?"

토우카는 기막히다는 목소리로 나에게 말했다.

그런 토우카를 내버려 둔 채 나는 생각해봤다. 어디서 스즈카와 토우카의 차이가 생겨난 걸까.

으—음. 역시 스즈카가 토우카를 귀여워하지 않았기 때문일까?

어린 시절에 스즈카는 마치 병아리처럼 졸졸 따라다니는 토우카가 자신에게 어리광을 부려도, 도와주지 않고 제 갈 길을 가는 경우가 많았다.

그래서 불쌍히 여긴 내가 토우카를 돌봐줬던 것이 지금도 기억이 났다.

그런 상황이 토우카를 여동생 같은 존재로 인식시키는 계기가 되었을지도 모른다.

"지금의 저는 여자인가요? 아니면 여동생인가요?"

"응? 여동생이지."

"그렇겠죠. 하기야 실제로 언니와 결혼해서 유우키 오빠는 제 형부가 됐으니까요. 피를 나누진 않았어도 진짜 오빠 동생 사이가 되어버렸네요……."

"응, 그런데 토우카. 좀 신경 쓰이는 점이 있거든. 학교에 관해 물어봐도 돼?"

"좋습니다. 이미 이래저래 마음의 정리는 되었으니까요."

분위기가 너무 무거워지지 않도록 조심하면서 물어보자.

어떤 괴롭힘을 당했는지, 어떻게 그 성희롱을 한 코치를 쫓아냈는지.

궁금한 것은 아직도 이것저것 많았다.

♡ ♡ ♡

토우카가 자세한 사정을 가르쳐 준 덕분에 나는 알게 되었다.

이 아이는 내 생각보다 훨씬 더 강하다.

자신을 괴롭힌 녀석들한테는 제대로 보복을 한 다음에 학교를 그만뒀다고 한다.

옛날에는 울보라서 툭하면 도와줘! 하고 울며 매달리는 아이였는데. 깜짝 놀랐다.

"음, 아무튼. 내가 해줄 수 있는 일이 있다면 이야기해 줘. 도와줄게."

하지만 아무리 강해도 걱정은 됐다.

아직 곤란한 일이 있다면 얼마든지 힘을 빌려주고 싶었다.

그러자 토우카는 예상치 못한 부탁을 했다.

"그럼 언니랑 이혼하고 나랑 결혼해 주세요."

"그건 안 돼."

"네, 네. 압니다. 유우키 오빠가 언니를 정말 좋아한다는 거."

약간 뾰로통한 표정을 짓는 토우카.

아무래도 내가 '그건 안 돼'라고 즉답한 것이 마음에 안 드나 보다.

그러나 그 기분은 금방 풀렸다.

"뭐, 아무튼 근황 보고도 이것으로 끝났으니까요. 이제 본

론으로 들어가겠습니다."

토우카는 허리를 쭉 펴고 가볍게 헛기침을 했다. 이어서 나에게 말했다.

"내가 학교를 그만뒀잖아요. 그런데 아주머니, 아니, 사돈 어른께서 나에게 어떤 부탁을 하셨습니다."

"우리 어머니가? 너희 어머니가 아니라?"

"네. 유우키 오빠의 어머님께서요. 그것은 수험생인 자기 아들을 감시해 달라는 부탁이었습니다. 우리 언니한테 폐를 끼치지 않도록 여러모로 감시를 해 달라고 하셨어요."

"폐라니, 그게 뭔데?"

"저기, 알잖아요. 우리 언니랑 밤에 좋은 시간을 보내고 있지 않나요?"

"……아―. 그런 뜻이구나."

이성을 잃은 내가 스즈카를 덮쳐서 스즈카에게 폐를 끼치는 일이 없게 해 다오.

우리 어머니는 그런 이야기를 하고 싶은 것 같았다. 내가 일시적인 성욕에 눈이 멀어 스즈카의 발목을 잡는다면, 용서하지 않겠다.

요컨대 그런 이야기일 것이다.

하기야 얼마 전에는 일부러 '순산 기원 부적이 진짜로 필요해지지 않도록 조심하렴, 알았지?' 하고 못을 박으셨을 정도니까.

"나와 스즈카를 감시하는 역할이라는 거지?"

"네, 그렇습니다. 그분은 자식들이 일시적인 충동으로 후회하게 되지 않기를 바라시는데, 마침 제가 방송통신 고등학교로 전학 간다고 하니까 한가해진 저에게 그런 부탁을 하신 겁니다."

"그래, 부모님으로선 걱정도 되겠지……."

이 세상에는 '젊은 날의 실수'란 말이 있다.

어머니는 우리가 그런 실수를 저지르지 않기를 바라시는 것이다.

친척 중에는 젊은 나이에 자식을 낳은 부부도 있었다. 그들은 행복한 것 같았지만, 그래도 역시 힘들어 보이기는 했다.

"그래서 일당 3000엔을 받고 그 일을 하기로 했습니다. 참고로 그 돈은 유우키 오빠한테 받으라고 하셨어요."

"내가 내 감시자한테 스스로 급료를 줘야 한다고……? 뭐, 그래, 알았어. 아, 그런데 학교는 그만뒀으면서 오늘은 왜 교복을 입고 온 거야?"

"오늘은 학교에 마지막으로 인사하러 갔다 왔습니다."

"그래서 내친김에 우리 집에도 왔고?"

"그렇습니다."

토우카가 찾아온 지 얼마쯤 시간이 지났을 때.

마트에서 쇼핑을 마친 스즈카가 비닐봉지를 손에 든 채 집에 돌아왔다.

"어? 토우카 왔네? 웬일이야?"

"오랜만입니다, 언니. 실은……."

토우카는 나한테 이야기했던 것과 같은 내용을 스즈카에게도 들려줬다.

"친구를 위해 발 벗고 나서다니, 훌륭해! 역시 내 동생이야!"

이야기가 일단락되자 스즈카는 토우카를 껴안으면서 칭찬을 해줬다.

"언니가 저를 이렇게 다정하게 대하다니, 신기하네요……."

"뭐야. 말이 좀 심하잖아?"

"아니, 내 생각도 그런데. 너 언제나 토우카한테는 엄격했잖아."

스즈카는 두 살 난 토우카가 과자 봉지를 뜯어 달라고 부탁했을 때에도 '네가 스스로 해'라고 말했고. 네 살 무렵에 술래잡기를 할 때에는 술래인 토우카에게 절대로 잡혀 주지 않았었다.

여섯 살 때에는 눈싸움에서 온 힘을 다해 눈덩이를 던져서 토우카를 울린 적도 있었다.

옛날부터 왠지 모르게 동생한테는 엄격한 언니였던 스즈카.

하지만, 그래. 적어도 오늘은 토우카한테 다정하게 대해 주는 것도 이상하진 않으려나.

♡ ♡ ♡

"네, 그래서 방송통신 고등학교로 전학을 가게 되었는데요. 유우키 오빠의 어머님의 부탁으로, 이제는 감시자로서

이 집에 살게 되었습니다."

토우카가 감시자 역할로 우리 집에 살게 되었다는 이야기를 꺼내자, 스즈카의 태도는 확 달라졌다.

"그럼 창고에서 잘래?"

응, 오늘은 토우카를 다정하게 대해 주는구나 하고 생각했는데. 그건 취소해야겠다.

역시 스즈카는 동생한테는 좀 심하게 차가웠다.

"어휴, 진짜. 동생을 이렇게 대하다니, 너무하지 않아요?"

"뭐 어때. 토우카니까 괜찮잖아."

"한순간이나마 아, 오늘은 언니가 다정하다…… 하고 가슴이 두근거렸는데! 그 행복을 돌려주세요!"

"아하하하하. 아니, 물론 괴롭힘을 당한 사람한테는 친절하게 대해 줘야지. 하지만 네가 이렇게 나와 유우키의 사랑의 보금자리를 위협하려고 한다면, 이야기가 달라지잖아?"

"나 참……. 언니, 잘 들어요. 제가 유우키 오빠에 대한 미련을 버리지 못한 것처럼 보일지도 모르지만, 이래 봬도 난 이미 포기했다고요. 제제 내가 오빠한테 질척거리는 것은 진심이 아니라 장난입니다."

"뭐—? 정말?"

"네. 저는 벌써 옛날에 포기했어요. 유우키 오빠랑은 잘될 수가 없구나 하고. 게다가 이미 결혼한 부부를 방해할 정도로 성질 나쁜 사람은 아니거든요?! 빈틈이 있으면 빼앗겠다고 말했지만, 그것은 언니 때문에 분하고 짜증나서 괜히 시비를 걸었던 것뿐이라고요!"

"말은 그렇게 하면서도 실은 빼앗으려고 하는 거 아냐?"

스즈카는 아무래도 의심스러운지 토우카를 지그시 쳐다보고 있었다.

그래, 의심하고 싶어지는 것도 이해한다. 하지만 실제로는 토우카의 말이 맞았다.

"나한테 했던 마지막 고백도 엄청나게 성의 없었으니까."

토우카가 중학교를 졸업하던 날. 나와 토우카는 길에서 만났다.

그때 평범한 표정과 평범한 음성, 또 지금보다 더 편한 말투로 토우카는 나에게 이렇게 말했다.

『아, 유우키 오빠. 나랑 사귀자.』

『뭐? 싫어.』

『그렇지? 예상했어.』

끝. 고백의 한 장면은 이렇게 끝났다.

아마도 이런 대화를 한 직후에 내가 졸업 축하 선물이라면서 편의점에서 아이스크림을 사줬을 거다.

"애초에 생각을 해봐요. 제가 미련을 버리지 않는다면, 이 집에서 같이 살려고 하지도 않았을 겁니다. 좋아하는 사람을 자기 언니한테 빼앗겼으면서 그걸 보고 즐기는 사람이 세상에 어디 있어요?"

"그런 취향을 가진 사람도 있대. 그리고 처음부터 유우키는 네 것이 아니었으니까, 빼앗겼다는 표현은 잘못된 거 아니야?"

"하여간 일일이 꼬투리 잡으면서 억지를 부리네요. 언니는 정말 너무해요!"

벌컥 화를 내는 토우카와, 토우카가 아직도 나를 좋아하는 게 아닐까? 하고 의심하는 스즈카.

슬슬 싸움으로 발전할 것 같아서 내가 끼어들었다.

"저기, 일단 진정해. 스즈카. 분명히 말해 두는데, 여기서 우리가 토우카를 거부하면 큰일 날 거야."

"무슨 큰일?"

"토우카가 아니라, 어머니가 직접 감시하러 오실 거야."

"그건 좀 싫은데."

"그렇지? 이 상황에선 방법이 없으니 꾹 참고 토우카를 받아들여야 해."

"유우키 오빠도 아무렇지도 않게 심한 말을 한다니까요."

"응? 그야 뭐, 나도 당연히 스즈카와 단둘이 있는 게 좋으니까."

"어휴, 이 두 사람은 진짜! 네, 알았어요. 이렇게 된 이상 제가 감시자로서, 반드시 언니 오빠 두 사람을 착실하게 살아가게 만들 거예요. 각오하세요!"

토우카는 나와 스즈카를 향해 날카롭게 삿대질하면서 선언했다.

의욕과 기합이 넘치는 모습이었다. 그걸 본 스즈카는 윽 하고 질색하는 표정을 지었다.

"토우카. 그래서 언제 여기로 이사 올 거야?"

"가능한 한 빨리 오려고 했습니다만……. 일이 이렇게 됐으니, 두 사람이 사랑에 눈이 멀어서 공부 외의 딴 짓에 푹 빠지지 않도록 오늘 당장 이사 오도록 하겠습니다. 흥! 둘이서 한꺼번에 저를 괴롭힌 벌이에요~."

유치하게 나와 스즈카를 도발하는 토우카.

말투는 스즈카보다 어른스럽지만, 속마음은 역시 나이에 걸맞은 수준인 것 같았다.

"좀 갑작스럽네."

"그렇지~?"

토우카가 우리 집에서 살게 되었다.

하지만 모르는 사람도 아니고. 이렇게 되면 오히려…….

"도우미가 오셨으니 앞으로는 우리 생활이 편해지겠는데?"

"에헤헤. 맞아, 다행이다."

같은 수험생인데도 살림에 신경을 써야 했던 스즈카의 부담이 줄어들 것이다.

그렇게 생각하면 의외로 나쁘지 않았다.

토우카가 이 집에 있어도 나와 스즈카의 일상은 크게 달라지진 않을 테니까. 틀림없이.

♡ ♡ ♡

"네, 그래서 오늘부터 제가 이 집에서 살게 됐는데요. 어떤 방을 빌려주실 건가요?"

"어휴, 하는 수 없지. 이쪽이야, 이쪽."

스즈카가 토우카를 빈방으로 안내해 줬다.

그곳은 우리 집에서 가장 좁은 방, 아니, 공간이었다.

"저기요, 왜 하필 창고냐고요!"

청소기 같은 물건들이 처박혀 있는 창고로 안내받은 토우카는 화를 냈다.

"으음──, 그래도 침실 옆은 싫으니까. 그럼 1층에 있는 거실 옆방은 어때?"

"네, 거기라면 괜찮은데······."

"에어컨이 없는 방이라서 낮에는 쪄 죽을 정도로 덥지만."

"에어컨이 있는 방을 빌려주세요. 뭐, 없으면 하는 수 없지만요."

현재 우리 집에 설치된 에어컨은 네 개.

침실, 거실, 내 방, 스즈카의 방.

그 외의 방에는 에어컨용 배관 구멍은 있지만, 에어컨 자체는 없었다.

"아니, 그런데 토우카한테 꼭 방을 내줘야 해?"

"어차피 얹혀사는 처지니까요. 사실 없어도 되는데요?"

자신의 처지를 잘 알고 있는 걸까. 그래도 상관없다고 말하는 토우카.

하지만 이렇게 방이 남아도는데 하나도 빌려주지 않는 건 너무 가혹했다.

"아냐, 방은 빌려주자."

"유우키. 넌 정말 토우카한테 약하구나?"

"네가 너무 엄한 거야. 늘 궁금했는데, 왜 그렇게 예전부터 엄격하게 구는 거야?"

"옛날에 토우카는 울보였어. 툭하면 나한테 의지하려고 했고. 그래서 엄마가 토우카의 어리광을 지나치게 받아주면 안 된다고 말씀하셨어. 너무 쉽게 도와주면, 토우카가 제대로 성장할 수 없다는 거야. 물론 그때의 나는 그 의미를 잘 이해하지 못했지만."

"네?"

토우카는 깜짝 놀란 것처럼 눈을 깜빡거렸다.

나도 이 이야기는 지금 처음 들었으므로 좀 놀랐다.

"어린 시절의 나는 '왜 동생을 예뻐하면 안 되는 거지?' 하고 의문을 느끼면서도, 열심히 엄마 말을 지켜서 엄하게 굴었던 거야."

"거, 거짓말이죠?"

"아니, 진짜인데? 엄마한테 물어봐."

"하, 하지만 이렇게 다 컸는데도 언니가 나한테 엄하게 구는 이유는……."

"으음……. 그런 태도가 습관이 되어버린 게 아닐까?"

"아, 알았어요. 유우키 오빠와 친하게 지내는 저를 질투한 거군요?! 그래서 나한테 심술을 부렸던 겁니다."

아마 토우카는 농담으로 그런 말을 했을 것이다.

'아, 아니거든?!' 하고 당황하여 변명하는 스즈카의 모습이 보고 싶어서 한마디 해본 것이리라.

"에헤헤. ……응, 그럴지도 몰라."

수줍게 대답하는 스즈카.

그 모습을 본 토우카는 뭐라 형용할 수 없는 표정으로 나를 쳐다봤다.

"저기요. 이거 진짜 우리 언니 맞아요?"

"결혼한 다음부터 이렇게 됐어. 엄청나게 솔직해졌지."

"그, 그렇군요. 너무 솔직해서 소름 끼칠 정도입니다."

부르르 떠는 토우카.

이해한다. 이제는 솔직한 스즈카의 모습에도 슬슬 익숙해졌지만, 결혼 전과 결혼 후의 갭이 너무 심하긴 했다.

"그, 그럼, 결혼해서 유우키 오빠를 손에 넣은 언니는 이제 질투할 필요도 없으니까, 저한테도 잘해 줄 거란 뜻인가요?"

"응? 내가 널 예뻐해 주면 좋겠어? 어휴, 그래. 옳지, 착하다. 잘못은 하나도 안 했는데 억울하게 괴롭힘을 당하다니, 많이 힘들었겠구나……."

토우카의 머리를 쓰다듬어 주는 스즈카.

그렇게 쓰다듬을 받으면서 토우카는 불편한 표정으로 나에게 도움을 청했다.

"이건 우리 언니가 아니에요……. 유우키 오빠, 오빠는 이걸로 만족하세요?"

"의외로 난 이런 스즈카가 좋은데."

"와, 뭐예요? 이제 보니 언니랑 오빠, 끼리끼리 만났네요!"

"아유, 착하다. 귀여운 내 동생. 금방 업자를 불러서 거실 옆방에도 에어컨을 달아줄게, 알았지?"

"으윽~~~. 이거 뭔가 다른 사람 같잖아요. 좀 피곤해졌 어요……."

토우카는 먼 곳을 멍하니 바라보면서 마지못해 스즈카에 게 머리를 계속 맡기고 있었다.

토우카 Side

육상부가 강한 학교에 들어간 지 4개월이 지났을 때.

제일 친한 친구가 나에게 상담 요청을 했습니다.

코치한테 성희롱을 당하고 있는데, 무서워서 아무것도 못 하고 있다는 내용이었습니다.

마음이 약해서 두려워하고만 있는 그 친구를 나는 그냥 두고 볼 수 없었습니다.

친구 대신 성희롱의 증거를 모아서 코치를 쫓아내는 데 성공했습니다.

그리고 우수한 코치를 쫓아낸 악당으로서, 나는 괴롭힘을 당하게 되었습니다.

나는 아무 잘못도 하지 않았는데.

이렇게 불행해진 나와는 달리, 행운을 얻은 사람은 우리 언니였습니다.

복권 당첨으로 부자가 됐을 뿐만 아니라 좋아하는 사람도 손에 넣었죠.

아아, 이 얼마나 부러운지. 나는 이렇게나 불행한데.

그 넘치는 행복이 부러워서 끊임없이 질투할 수밖에 없었습니다.

그러니까 나는 나쁜 아이가 될 겁니다. 착한 아이로 살아봤자 불행해질 뿐이니까.

그렇다면 나쁜 아이로 사는 게 낫죠. 틀림없이 즐거울 겁니다.

이런저런 일을 겪는 사이에 은근히 자포자기해버린 나는 괜히 주변 사람들에게 심술을 부리고 싶어졌습니다.

그때 어떤 아이디어가 떠올랐습니다.

언니와 유우키 오빠 사이를 방해하러 가자.

아직 고교생인데도 큰돈을 가지고 있고, 부모님도 없는 집에서 자유롭게 살고 있으니까. 둘이서 실컷 사이좋게 놀면서 행복하게 살고 있을 테죠.

특히 밤에는 더없이 즐거운 시간을 보내고 있을 테고요.

그러니까 내가 돌격해서 밤의 성생활을 하지 못하도록 해야겠다! 하고 생각한 겁니다.

한 지붕 밑에 내가 있으면 틀림없이 그런 짓을 하기 어려워질 테니까.

내가 두 사람을 방해하러 갈 계기를 손에 넣는 것은 간단했습니다.

'유우키 오빠랑 언니 말인데요. 수험생인데 둘이서 사느라 고생하고 있지 않을까요? 더구나 유우키 오빠는 팔도 다쳤으니까…….'

그저 유우키 오빠의 어머니 앞에서 두 사람을 걱정하는 모습을 보여줬을 뿐이죠.

그보다 먼저 나와 우리 언니를 낳아 준 어머니 앞에서 같은 짓을 했습니다만, 어머니는 '고생하더라도 둘이서 알콩달콩 잘 지낼 수 있으니까 즐겁지 않을까?' 하고 장난스럽게 대꾸했습니다.

하지만 유우키 오빠의 어머니는 상식적인 분이셨습니다.

두 사람의 일상을 걱정하는 내 한마디는, 정확히 과녁에 명중했습니다.

그래서 그분은 나를 감시자 겸 가사도우미로 임명하셨습니다.

뭐, 실은 내가 유우키 오빠를 좋아했다는 사실을 알고 계셨으므로 조금 망설이시긴 했지만요. 오빠를 좋아했던 것은 과거의 일.

내가 아직도 유우키 오빠를 진심으로 좋아한다고 생각하는 사람은 아~무도 없습니다.

내가 미련이 있는 척 질척거리는 것은 일종의 개그이자

장난이니까요.

비참하게도 방송통신 학교로 전학을 가게 된 나의 새로운 일상.

돈 많은 언니 부부의 집에 굴러 들어가 유유자적하게 살면서, 두 사람이 밤에 즐겁게 놀 것 같으면 짜증나니까 쳐들어가서 방해한다.

불행한 일을 당해 성격이 삐뚤어져 버린 나는 이제부터 귀찮은 친척이 되어 살아가기로 결심했습니다!

자, 그럼 열심히 방해하면서 이 울분을 풀어 볼까요?

내가 좋아하던 사람을 빼앗아 간 우리 언니.

끝내 나를 돌아봐 주지 않았던 심술쟁이 오빠 같은 소꿉친구.

두 사람을 실컷 가지고 놀아야지! 하고 생각했는데──.

"자, 토우카. 이 고기도 다 구워졌어."

특상 우설 소금구이를 정성껏 구워서 내 접시 위에 올려주는 유우키 오빠.

"여기 이 갈비도 맛있어."

특상 갈비를 자기 접시는 제쳐 두고 내 접시에다 놔주는 우리 언니.

내가 불행한 일을 당했다는 사실을 언니 오빠에게 이야기한 그날 밤.

위로 파티를 열어 준다면서 언니 부부는 나를 비싼 고깃집으로 데려가 줬습니다.

"아, 필요한 물건을 사 가야지."

고깃집에서 나와 집으로 돌아가는 길에는 나한테 필요한 잡화들을 사줬습니다.

농담으로 1만 8000엔짜리 젤라○○케 잠옷을 사 달라고 했더니 진짜로 사줬습니다.

집에 돌아온 후에도 정성을 다해 대접해 줬습니다. 뜨거운 목욕물도 받아 놓고 먼저 들어가라고 했습니다.

놀랍게도 버블 입욕제를 넣은 목욕물. 그것도 두 개나. 사치스럽네요.

그리고 목욕을 하고 나왔더니 아이스크림이 준비되어 있었습니다.

하겐다○ 녹차 아이스크림이었습니다. 맛있었어요.

"자, 이건 용돈이야."

용돈도 받았습니다. 입가에서 미소가 사라지질 않네요.

맛있는 고기, 새 잠옷, 기분 좋은 목욕, 좀 비싼 아이스크림, 용돈.

오늘은 최고의 하루였습니다.

단지 사소한 불만을 이야기하자면, 유우키 오빠가 나랑 즐겁게 대화할 때 언니가 이쪽을 흘겨보면서 위협한다는 것 정도일까요.

한계까지 쌓여버린 스트레스를 풀기 위해 두 사람의 사랑의 보금자리에 쳐들어왔는데, 일단 오늘은 너그럽게 봐주기로 했습니다.

언니 부부가 손님용 이부자리를 거실에 깔아줬습니다. 그곳에서 나는 하루를 마칩니다.

아니, 그러려고 했는데. 아직도 뭔가 남았나 봅니다.

"자, 그럼……."

언니가 거실 소파에 앉더니 조그만 목소리로 나에게 이런 말을 했습니다.

"우리 대화나 좀 할까?"

"아, 네. 그래요."

나는 거실에 깔린 이부자리 속에서 빠져나와, 소파에 있는 언니 쪽을 향했습니다.

대화할 준비가 되자마자 언니는 나에게 말을 걸었습니다.

"너 정말 괜찮아?"

"뭐, 뭐가요? 학교에서 있었던 사건 말입니까?"

"그게 아니라 유우키 말이야. 너 예전에는 좋아했잖아."

아하, 나한테 빼앗기기 싫어서 견제하러 온 거였군요.

하기야 고깃집에서 나랑 유우키 오빠가 친하게 놀 때, 좀 무서운 눈으로 이쪽을 쳐다봤었지요?

후후. 내가 적당히 장난치면 재미있는 것을 볼 수 있을 것 같네요.

하지만 지나치게 도발하면 이 집에서 쫓겨날지도 모릅니다.

여기서는 얌전히 거짓말을 하기로 합시다.

"전 괜찮아요. 전혀 문제없습니다."

"같이 있는 게 괴롭지 않아?"

"괜찮다니까요."

"그렇구나."

"정말로 저한테 유우키 오빠를 빼앗길까 봐 너무너무 걱정되나 봐요?"

"후후, 아니야. 단지 내 마음이 복잡해서 표정이 굳어졌던 것뿐이야."

가볍게 코웃음을 치는 언니.

거짓말은 아닌 것 같네요. 그 정도로 여유가 넘쳐 보였습니다.

"이해가 안 가요. 절 견제하려고 째려봤던 거잖아요?"

"아하하하. 아냐, 견제하는 거 아니라니까. 내가 너와 유우키가 대화할 때 좀 무서운 표정을 지었던 것은——."

꿀꺽 하고 숨을 삼켰습니다.

긴장한 나에게, 언니는 미안하다는 듯이 말했습니다.

"네가 유우키를 아직도 좋아한다면, 내가 너무 심한 짓을 해버렸구나 하는 죄책감이 들었기 때문이야."

"아뇨, 몇 번이나 말했지만요. 저는 이제 유우키 오빠를 좋아하지 않아요. 아니, 오빠 같은 소꿉친구로서는 좋아하지만."

"그럼 다행이고. 만약에 정말로 아직 유우키를 좋아한다면, 네가 보기에 내가 한 짓은 진짜 반칙이었을 테니까. 안 그래?"

그건 그렇죠. 연애 단계도 생략하고 결혼해 버리다니. 너무 심했습니다.

만약에 내가 유우키 오빠를 아직 좋아하는데, 언니가 결혼한다는 보고도 건너뛰고 갑자기 결혼을 해버렸다면──.

식칼을 들고 언니를 공격했을지도 모릅니다.

"왠지 언니답지 않네요."

"응. 좋아하는 사람이 생겨서…… 아니, 좋아하는 사람이란 것을 깨달았거든. 그런데 만약에 그 좋아하는 사람을 누군가가 어느새 반칙으로 가로채 갔다고 상상해보니까, 내가 너무 심한 짓을 했다……는 생각이 들어서."

"언니는 변했군요."

"에헤헤. 그런가?"

수줍어하는 소녀처럼 미소를 짓는 언니.

윽, 왠지 익숙하지 않아서 구역질이 날 것 같은데…….

"네. 변했습니다. 너무 솔직해져서 징그러울 정도예요."

"그러는 토우카, 너야말로. 고등학생이 되더니 완전히 변했는데?"

"네, 저는 변하려고 해서 변했으니까요."

그러자 언니는 섭섭해하는 말투로 나에게 말했습니다.

"예전처럼 편한 말투로 말하는 토우카가 더 귀여워서 좋은데…….”

“아니, 오히려 언니가 좀 더 말투에 신경을 쓰는 편이 좋다고 생각하는데요?”

“응, 그럴지도 몰라. 대학생이 되어서도 아무한테나 이렇게 편한 말투로 말하면 금방 눈 밖에 나버릴 테니까. ‘쟤는 왜 저렇게 뻔뻔해?!’ 하고.”

“네, 그렇죠.”

“뭐야—. 이런 때에는 ‘아냐, 그럴 리 없어!’ 하고 위로해줘야 하는 거 아냐?”

“아뇨. 틀림없이 지금의 언니 같은 타입을 싫어하는 사람은 있을 거라고 생각하거든요.”

그 후 나와 언니는 적당히 시시한 잡담을 나눴습니다.

그러다가 나는 호기심 때문에 이런 질문을 해버렸습니다.

“그런데 언니. 제가 만약에 유우키 오빠를 아직도 좋아한다면, 어떻게 할 거예요?”

“열심히 사과해서 용서받을 거야. 아, 양보할 마음은 없어. 알지?”

양보할 마음은 없다. 그 점은 언니답네요.

“그런 경우에는 양보해야 하는 게 아닌가요?”

“그건 아니지. 왜냐하면 나는 유우키를 정말 좋아하니까.”

즐겁게 웃으면서 유우키 오빠를 좋아한다고 말하는 그 모습을 보고 나는 전율했습니다.

경악할 정도로 달라졌거든요.

얼마 전까지만 해도 유우키 오빠에 대해 좋아한다는 말은 농담으로밖에 안 했던 주제에.

"네, 그럼 저는 아직도 유우키 오빠를 좋아하니, 용서받고 싶으면 그 마음을 행동으로 보여주세요."

이미 유우키 오빠에 대한 미련은 버렸지만, 괜히 심술부리고 싶어서 미련이 있는 척해 봤습니다.

그러자 언니는 웃었습니다. 마치 거짓말하지 말라고 하는 것처럼. 네, 그렇겠죠.

이런 식으로 이야기하다보면 누구나 당연히 눈치챌 테니까요. 내가 더 이상 유우키 오빠를 좋아하지 않는다는 건.

하지만 언니는 그것을 알면서도 일부러 속아 넘어간 척을 해줬습니다.

"하는 수 없지. 난 용서받고 싶으니, 너를 많이 예뻐해 주는 수밖에 없겠다!"

이불 위에 앉아 있는 나한테 언니가 다가오더니 나를 확 끌어안았습니다.

"잠깐, 전 이런 것은 필요 없어요! 원하지 않는다고요!!! 도대체 언니가 안아 준다고 기뻐하는 동생이 이 세상에 어디 있어요?!"

"어휴, 이 녀석~. 말은 그렇게 해도 의외로 기쁜 거잖아, 응? 그치?"

"아니, 전혀 기쁘지 않다니까요. 오히려 징그럽단 말이에요! 얼마 전까지도 저를 이렇게 따뜻하게 대해 주지 않았잖아요?!"

나한테 꽤 다정해진 우리 언니.

이게 다 복권에 당첨되고 소꿉친구와 결혼해서 행복한 나날을 보내게 된 덕분에 여러모로 너그러워졌기 때문일지도 모릅니다.

여유가 있는 사람과 없는 사람. 이 두 사람을 비교해보면 누가 봐도 절대적인 차이가 느껴지니까요.

말하자면 그런 것이겠죠.

지금까지는 나한테 무심하게 굴었던 우리 언니가 변한 것도 당연합니다.

그렇게 다정해진 우리 언니한테 나는 싫다고 하면서 자꾸 반항하려고 했지만…….

의외로 기분이 썩 나쁘진 않았습니다.

그리고 역시 우리 언니의 가슴은 상당하네요…….

이걸 자기 마음대로 할 수 있다니. 유우키 오빠도 참 행복하겠어요.

♡ ♡ ♡

나와 스즈카는 수험생인데 단둘이 살고 있다.

그러니까 실컷 게으름 피우다가 대입 준비에 지장이 생길 가능성이 있다는 것은, 누가 봐도 확실한 것이었다.

그 점을 걱정하신 우리 어머니는 우리에게 자객을 보냈다.

불행한 일을 당해 방송통신 학교로 전학 갈 수밖에 없었던 스즈카의 여동생, 토우카였다.

아마도 토우카를 받아들이지 않으면 어머니가 직접 우리 집에 와서 눌러앉으실 것이다.

부모님한테 감시당하기는 싫지? 하고 토우카를 감시자로 임명한 것 자체가 자비로운 처사였다.

그리하여 토우카가 여기 온 것이 며칠 전.

처음에는 열심히 대접해 줬지만 이제는 그 분위기도 슬슬 가라앉았고, 토우카는 감시자 이외의 또 다른 모습을 보여 주기 시작했다.

"아, 유우키 오빠. 안녕히 주무셨어요? 빨랫감은 다 내놨나요?"

아침에 일어난 나와 스즈카가 옷을 갈아입고 거실에 가보면, 이미 앞치마를 입고 거실 옆의 부엌에 서 있는 토우카를 만날 수 있었다.

"응, 너도 잘 잤어? 아까 빨래 바구니에 넣어 놨어."

"언니는요?"

나와 같이 있는 스즈카에게도 토우카는 질문을 던졌다.

"응, 전부 내놨어."

"알겠습니다. 아침식사가 끝나면 세탁기를 돌릴 거니까요. 그 후에 빨랫감을 내놓으면……. 물론 그것도 빨아드릴 테지만, 그러면 제가 괜히 두 번이나 고생하게 된다는 것은 잊지 말아 주세요."

그렇다. 토우카의 또 하나의 모습. 그것은 집안일을 해주는 가사도우미였다.

나와 스즈카가 시험공부에 전념할 수 있도록 집안일을 해주는 것이었다.

솔직히 말하자면 스즈카의 부담이 줄어서 정말 기뻤다.

나는 스즈카와 수족관 데이트를 할 때 계단에서 굴러 떨어질 뻔한 스즈카를 도와준 결과.

오른손을 전혀 쓰지 못할 정도로 큰 부상을 당했다.

내가 부상당하는 바람에 스즈카는 모든 집안일을 지금까지 혼자 담당해야 했었다.

"토우카가 와줘서 정말 다행이야."

"어휴, 유우키 오빠도 참. 그렇게 절 칭찬해 봤자 아무것도 안 나오거든요? 기껏해야 아침 반찬이 좀 호화로워지는 정도죠."

내가 칭찬하자 기분이 좋아진 토우카는 신나게 무를 갈기 시작했다.

"정말 고마워. 토우카, 네 덕분에 나도 공부에 전념할 수 있게 되었다고나 할까, 간간이 휴식을 취할 수 있는 시간이 늘어서 스트레스가 줄어들었어."

"아, 그렇군요."

나한테 칭찬 받으면 기분이 좋아지고, 스즈카한테 칭찬 받으면 기분이 나빠지는 토우카.

"저기, 유우키와 나를 대하는 태도의 차이가 너무 심하지 않아?"

"언니가 순순히 나를 칭찬해 주면 왠지 불안해진다고요. 옛날 같으면 '요리와 빨래 정도는 기본 아냐?' 하고 꽤 신랄한 말을 했을 텐데."

"그거야 뭐, 어쩔 수 없잖아? 네가 유우키를 노리고 있다는 걸 알았으니까. 그때는 무의식중에 사랑의 라이벌로서 기 싸움을 했었던 거라고 생각해."

아, 그 가설을 부정할 마음은 없나 보구나.

토우카가 다 큰 후에도 스즈카가 계속 토우카를 차갑게 대했던 것은, 나와 토우카의 친밀한 모습을 보고 질투했기 때문이다. 그것은 이미 기정사실인 모양이다.

그렇게 생각하면 좀 기쁘기도 하고 민망하기도 했다.

"아침부터 사랑 이야기를 하는 건가요? 관심 없어요. 자, 아침밥 준비 거의 다 됐으니까 둘 다 자리에 앉아 주세요."

토우카가 시키는 대로 식탁에 앉았다.

그리고 나와 스즈카의 눈앞에는 아침밥이 차려졌다.

흰 쌀밥, 된장국, 계란말이, 낫토, 시금치나물.

아침부터 꽤 본격적으로 만든 요리였다.

뭐든지 일단 시작하면 대충하지 않는 것이 스즈카와 똑 닮았다.

"잘 먹겠습니다."

"잘 먹겠습니다~!"

토우카가 만들어준 아침밥을 먹기 시작했다.

계란말이는 내 칭찬 덕분인지 조금 호화롭게 업그레이드 돼서 무 간 것이 올라가 있었다. 시금치나물은 시금치를 데친 후 물기를 쫙 빼서 싱겁지 않았다. 된장국은 처음부터 국물 맛이 가미된 된장을 쓴 것이 아니라, 가쓰오부시와 다시마로 낸 육수에 된장을 풀어 만든 것이었다. 흰 쌀밥도 스즈카가 지은 것보다도 훨씬 더 탐스럽게 부풀어 있었다. 낫토도 낫토균이 활발해질 수 있도록 미리 냉장고에서 꺼내 놨는지 딱 적당한 온도였다.

세세한 부분까지 완벽하게 신경 쓴 아침밥. 그 맛은 당연하게도——.

"맛있어."

스즈카도 맛있다는 것은 인정했다. 분하다는 표정으로 밥을 먹으면서 투덜거렸다.

"아니, 나도 시험공부만 아니면, 이렇게 정성스런 아침밥을 매일 만들 수 있거든?"

"동생한테 졌다고 그렇게 성질 내지 마."

"안 졌어."

"후후, 글쎄요. 과연 그럴까요?"

우리와 같이 식탁에 앉은 토우카는 의기양양한 표정으로 스즈카를 도발했다.

그리고 평소처럼 말다툼이 시작됐다.

"좋아, 요리 대결을 하자. 심사원은 유우키야."

"그건 무조건 제가 지는 싸움이잖아요. 심사원은 어머니로 해야 합니다."

"요리는 애정이 중요하잖아?"

자매의 말다툼을 구경하면서 먹는 아침밥.

스즈카와 단둘이 있는 것도 나쁘지 않지만, 이렇게 떠들썩한 것도 나쁘지 않았다.

"네, 좋아요. 그럼 제가 언니의 애정을 뛰어넘는 애정으로 유우키 오빠의 미각을 사로잡더라도 불평하면 안 돼요, 알았죠?"

"응, 아주 좋아."

요리 대결을 하는 것이 결정된 순간이었다.

♡ ♡ ♡

스즈카와 토우카가 요리 대결을 하겠다고 이야기한 그날 밤.

고기감자조림을 누가 더 맛있게 만드느냐 하는 대결이 펼쳐지게 되었다.

우리 집의 넓은 부엌에서는 스즈카와 토우카가 서로 으르렁거리고 있었다.

"앞치마, 좋아. 토우카는 플러스 1점."

스즈카는 더러워져도 괜찮은 실내복을 입고 있어서 그런지 요리할 때 앞치마는 착용하지 않았다.

반대로 토우카는 실내복이든 뭐든 더러워지는 게 싫어서 앞치마를 걸치고 있었다.

남자로서는 앞치마를 입은 여자의 모습에 더 마음이 갔다.

"윽……. 앞으로는 나도 앞치마를 입어야겠다."

"후후, 언니의 꼼꼼하지 못한 면이 드러났군요."

그다음부터는 별다른 사건 없이 두 사람의 음식이 무사히 완성됐다.

"자, 우선 내 것부터 먹어봐."

먼저 스즈카의 고기감자조림부터 심사하기로 했다.

재료는 감자, 당근, 양파, 돼지고기. 정통파였다.

모든 재료에 간이 잘 배어 있었다. 친근한 집밥 같은 느낌으로 맛있었다.

딱히 결점도 없고. 역시 평소에 요리를 자주 해본 스즈카다운 결과물이었다.

"다음은 내 차례네요."

이번에는 토우카가 만든 고기감자조림을 심사했다.

재료는 스즈카보다 더 많았다. 감자, 당근, 양파, 깍지 완두콩, 실 곤약, 소고기.

스즈카와 마찬가지로 모든 재료에 간이 잘 배어 있었다.

그런데 맛은 전혀 달랐다.

깍지 완두콩과 실 곤약도 들어가 있어서 그런지, 스즈카가 만든 고기감자조림보다 더 풍부한 맛과 식감을 즐길 수 있었다.

토우카의 고기감자조림은 집밥이 아니라 전문가의 요리에 가까운 느낌이었다.

그리고 고기감자조림에 들어가는 고기는, 난 돼지고기보다 소고기를 더 좋아했다.

스즈카한테 미안함을 느끼면서도 나는 승자를 정했다.

"토우카가 이겼어."

"뭐, 당연하죠. 재료에 신경 써서 만들었으니까요."

"……흥. 맛으로는 졌어도, 애정으로는 안 졌어."

자기가 지자 좀 삐쳐버린 스즈카.

토우카는 그것을 놓치지 않았다.

"졌으면서 왜 그렇게 억지를 부리는 거예요? 저도 요리사만큼 실력이 좋진 않거든요? 그저 조금이라도 더 맛있는 음식을 만들고 싶어서 재료에 특별히 신경 썼을 뿐이에요. 그러니까 평소처럼 평범한 음식을 만들어 버린 언니가 지는 건 당연합니다."

스즈카는 토우카보다 요리를 더 많이 해봤다.

그래서 토우카와는 달리 재료에 특별히 신경을 쓴다는 발상이 머릿속에서 싹 사라진 것이었다.

평소처럼 맛있게 만들자. 이런 생각이 이번 고기감자조림 요리 대결을 좌우한 건가.

"유우키~. 토우카가 나 괴롭혀……."

애교 섞인 목소리로 나한테 달라붙어 어리광을 부리는 스즈카.

그걸 본 토우카는 좀 차가운 눈빛으로 우리를 쳐다봤다.

"이 닭살 커플 같으니……. 어휴, 그렇게 찰싹 달라붙지 말고 빨리 떨어져요. 떨어져."

토우카는 나한테 달라붙은 스즈카를 억지로 떼어 내려고
했다.

"싫어. 안 떨어질 거야."

"저기요, 떨어지라니까요?!"

"우리는 부부니까 이 정도는 허락해 줄 수 있잖아? 토우
카, 너무 쪼잔해!"

"뭐, 그건 그렇지만요. 좀 짜증나잖아요."

사이좋게 콩트를 하고 있는 두 사람.

자주 싸움 비슷한 것을 하지만, 이러니저러니 해도 이 자
매는 옛날부터 사이가 좋았다.

나와 스즈카가 결혼해서 혹시나 자매의 사이가 틀어질까
봐 걱정했는데. 이 정도면 안심해도 되겠다.

"아 참, 유우키 오빠. 요리 대결에서 이겼는데 아무런 상
도 없나요?"

상……? 그래. 나는 상금이라도 주려고 지갑을 꺼내 들었다.

그런데 토우카가 어이없다는 표정을 지었다.

"뭐든지 돈으로 해결하려고 하지 말아주세요. 벼락부자
티내는 것 같아서 보기 좋지 않거든요?"

"어, 그럼 뭘 받고 싶어?"

"글쎄요……."

잠깐 고민하던 토우카는 오른손 집게손가락을 입술에 대
더니 섹시한 미소를 지었다.

"키스는 어때요?"

"뭐……? 아니, 아무리 그래도 그건 안 되지."

토우카처럼 예쁜 애와 키스하고 싶어 하는 남자는 이 세상에 널려 있을 것이다.

하지만 나한테는 소중한 아내가 있었다.

"야박한 남자네요. 네, 그럼 상은 나중에 받기로 하고 이 요리 대결은 끝냅시다. 자, 오늘의 휴식은 이제 끝이에요. 어서 둘 다 시험공부나 하러 가세요."

쉬면서 요리 대결을 하는 시간은 종료됐다.

나와 스즈카는 공부를 하기 위해 각자의 방으로 갔다.

스즈카가 먼저 떠났고, 나도 차가 든 페트병을 가지고 내 방으로 가려고 했다.

그런데 갑자기 뒤에서 토우카가 다가왔다.

그리고 내 귓가에 대고 조그맣게 속삭였다.

"키스하고 싶어지면 말해요. 전 언제든지 대환영이니까. 알았죠? 형부."

오싹. 등골에 소름이 돋을 것 같은 목소리였다.

나쁜 짓을 하자고 부추기는 속삭임. 형부라는 호칭이 배덕감에 박차를 가했다.

스즈카 못지않게 예쁜 여자애인 토우카. 그런 토우카가 키스를 해도 된다고 달콤하게 속삭인 것이다.

남자란 생물은 약하고 무른 생물이다.

"나를 놀리는 게 재미있어?"

단, 상대가 최근에 진짜로 처제가 된, 나의 여동생 같은 소꿉친구라면, 이야기가 달라진다.

나도 모르게 좀 반응하긴 했지만…….

"어머나. 들켰네요?"

토우카는 약간 아쉬워하는 듯했다.

혹시나 내가 제대로 반응하면 그때는 어쩌려고 하는 걸까.

"아무튼 유부남한테 집적거리지 마. 자칫하면 불륜이라면서 내가 스즈카한테 위자료를 청구당할 수도 있잖아?"

"아뇨, 언니는 유우키 오빠가 어지간히 바람둥이 같은 짓을 해도 헤어지려고 하진 않을 거예요. 아마 불륜을 들킨다면 언니는 오빠의 휴대폰에 감시 앱을 깔아놓고, 밖에 나가면 정기적으로 보고하라는 식으로 속박이나 하지 않을까요? 어쩌면 집에 가둬 둘 수도 있고…….'

"아니, 그럴 리는 없다……고 단언하진 못하겠네. 그런데 애초에 난 불륜을 하지도 않으니까. 방금 이야기한 것 같은 일은 절대로 일어나지 않을 거야."

"저, 그런데 유우키 오빠는 언니가 바람피우면 어떻게 할 거예요?"

"울 거야. 그리고 나를 버리지 말아 달라고 애원할 거야."

"와―, 의외인데요. 더 이상 이런 녀석과는 같이 살 수 없어! 하고 헤어지는 길을 선택할 마음은 없나요?"

"전혀 없어. 스즈카가 바람피운다면 아마도 내가 잘못해서 그런 걸 테니까."

내가 스즈카를 충분히 사랑해주는 동안에는 절대로 스즈카는 바람피우지 않는다.

내 아내는 그런 사람이다.

"믿는 거군요. 우리 언니를."

"그런가? 이 정도는 보통 아니야?"

나는 당연한 말을 했을 뿐이다.

그런데 토우카는 나를 보고 쿡쿡 웃었다.

"몇 년이 지나도 계속 지금처럼 말할 수 있는 관계였으면 좋겠네요."

"그야 당연히 말할 수 있지."

"아, 네……. 정말로 언니한테 푹 빠지셨군요?"

"응, 그 점은 부정하지 않을게. 내 마음이 조금 들떠 있다는 것은 나도 알아."

"'조금'? '많이'를 잘못 말한 게 아닌가요?"

어휴, 무슨 소리야? 하는 표정으로 토우카를 봤는데, 농담하는 듯한 태도는 아니었다.

내가 조금이 아니라 많이 들떠 있다고?

그렇게 생각하니까 갑자기 부끄러워지는데…….

토우카가 우리 집에 온 지 6일째 되는 날 아침.

나는 세수하려고 탈의실에 있는 세면대로 향했다.

탈의실 문은 잠겨 있지 않았다. 그래서 난 아무도 없을 거라고 생각했는데, 그러다가 날벼락을 맞아버렸다.

"유, 유우키 오빠?!"

옷을 벗으려고 하는 토우카가 있었다.

잠옷 단추를 풀어서, 좀 소박한 가슴을 가리고 있는 스포츠 브래지어가 살짝 보였다.

"미, 미안. 맞다. 토우카는 아침에 샤워하는 타입이었지?"

나는 허둥지둥 시선을 피하면서 탈의실 밖으로 나가려고 했다.

그런데 토우카는 그것을 허락하지 않았다.

방금 내가 들어온 문을 닫아서 퇴로를 차단해 버렸다.

"후후후. 처제의 알몸을 훔쳐보려고 하다니, 나쁜 사람이네요."

"아냐, 훔쳐볼 생각은……."

"네, 그건 압니다. 하지만 내 몸에는 관심이 있죠?"

그 질문에 반응해서 무심코 토우카의 몸을 쳐다봤다.

스즈카와는 달리 날씬한 몸매. 가슴은 밋밋했지만 그래도 약간의 볼륨감은 있었다.

사춘기 남자한테는 다소 자극이 심한 장면이란 것은 굳이 말할 필요도 없을 것이다.

토우카는 고등학교 1학년이었다. 조금 어른스러워지기도

해서 묘하게 섹시한 분위기를 발산하는 토우카는 슬금슬금 나에게 가까이 다가왔다.

"저기요. 저 언니한테는 비밀로 해줄 수 있거든요?"

"뭐, 뭐를?"

"저와 육체관계를 맺는 것. 자, 봐요. 이래 봬도 몸이 꽤 괜찮지 않나요? 언니와는 달리 가슴은 작지만."

토우카는 자기 가슴에 손을 대면서 어필했다.

"노, 농담은 그만해."

"육체관계란 것은 보통은 누구나 여러 명과 가지게 되는 거예요. 그런데 유우키 오빠는 언니 하나만으로 만족하는 거예요? 다른 사람과도 경험해 보고 싶지 않나요?"

그러더니 토우카는 흐트러진 자신의 옷으로 손을 뻗었다.

꿀꺽. 나는 그동안 삼키는 것조차 잊어버려서 고여 있던 마른침을 삼켰다.

"후후, 농담입니다. 유우키 오빠와 육체관계를 맺는다니, 전 그런 건 싫어요."

토우카는 아무 일도 없었다는 듯 나에게서 멀어져 갔다.

나는 이 급변하는 상황을 이해하지 못하고 당황하여 쭈뼛거렸다.

"으, 응. 그래."

"혹시 흥분을 가라앉히고 싶다면 우리 언니를 상대로 해소하세요. 전 오빠와 야한 짓은 하고 싶지 않으니까요."

"아니, 네가 먼저 접근했으면서……."

"장난이었어요. 장난. 유우키 오빠가 순진하고 귀여워서 무심코 놀린 겁니다. 자다가 살짝 땀이 나서 샤워하러 왔는데, 오빠 먼저 하세요. 수험생이 우선이니까요."

"그럼 세면대를 좀 쓸게. 그리고 앞으로 샤워할 때에는 문을 잘 잠가. 알았지?"

"네. 조심하겠습니다. 유우키 오빠가 우연히 제 알몸을 목격하기라도 하면 참지 못하고 저를 덮칠지도 모르니까요. 그럼 이만 실례할게요."

토우카가 사라짐과 동시에 내 몸에서 힘이 쭉 빠졌다.

소꿉친구이자 여동생 같은 여자애.

바로 얼마 전에 혼인을 통해 진짜 여동생이 된 그 여자애 앞에서, 나도 모르게 가슴이 두근거리고 말았다.

지금까지는 이런 일은 없었는데.

왜 갑자기 토우카의 장난에 무심코 반응하게 된…… 아, 그렇구나.

토우카가 처음 나를 좋아한다는 말을 꺼냈던 것은 초등학교 6학년 때였다.

여동생처럼 여기는 아이와 사귈 마음은 없었으므로 나는 즉시 거리를 뒀다.

어젯밤이나 오늘 아침처럼 토우카가 야한 느낌으로 불쑥 다가온 것은, 애초에 경험해 본 적도 없었다.

"나도 결국 남자인가……."

처제의 유혹에 저항하지 못할 정도로 나는 여자를 밝히는 남자였던 것이다.

내 아내인 스즈카에 대한 죄책감이 어마어마했다…….

찬물로 얼굴을 씻어도 그 죄책감은 씻어낼 수 없었다.

세수를 한 뒤에 나는 아침을 먹으려고 그대로 부엌으로 향했다.

그런데 그곳에는 앞치마를 두른 스즈카가 있었다.

"어때?"

"예뻐."

"그렇지? 토우카한테서 빼앗아 온 보람이 있네."

스즈카가 입고 있는 앞치마는 평소 토우카가 사용하던 것이었다.

참고로 앞치마를 걸치긴 했지만 요리를 하고 있진 않았다.

"저기, 스즈카. 내가 참회해야 할 일이 있거든……?"

"응?"

고개를 갸웃거리는 스즈카.

그런 스즈카에게 나는 고백했다. 탈의실에서 토우카가 나한테 접근했을 때 나도 모르게 가슴이 두근거렸다는 것을.

그리고 어젯밤에 토우카한테서 키스해도 된다는 말을 들었을 때 좀 반응하고 말았다는 것도 이야기했다.

계속 양심의 가책을 느끼는 것보다는 차라리 시원하게 혼나는 게 더 마음이 편했다.

그래서 체념하고 다 털어놨는데, 스즈카는 몹시 기뻐하면서 내 눈에 시선을 맞췄다.

"우후후. 유우키, 너 바보구나?"

"으, 응? 저기, 화는 안 내?"

"여자가 접근했을 때 가슴이 두근거리는 것은 불가항력이 잖아? 토우카는 원래 예쁘기도 하고. 그런 거에 반사적으로 좀 반응했다고 해서, 내가 '바람피웠구나!' 하고 화를 낼 것 같아?"

"아니, 그래도. 왠지 너한테 미안해서……."

"에헤헤. 그렇구나. 요컨대 넌 나를 좋아하니까 그 사실을 가르쳐 줬다는 거지?"

"그런 거지."

"꺅~~! 기뻐! 아이참, 우리 남편은 나를 진짜 좋아하는 구나!"

흥분한 스즈카는 열심히 내 몸을 찌르면서 놀기 시작했다.

상식적으로 생각하면, 다른 여자한테 반응해 버린 내가 혼나야 할 상황인데도.

"넌 왜 그렇게 기뻐하는 거야?"

"응, 그게 말이지. 너는 솔직하게 가르쳐 줬지만, 보통 남자라면 다른 여자한테 잠깐 반응했다고 해서 그걸 파트너에게 가르쳐 주진 않거든. 절~~~대 안 그래."

"뭐? 말을 안 한다고?"

"응, 안 하지."

"그, 그런가?"

그래도 역시 나는 칭찬받을 만한 일을 하지 않았는데 칭찬반는 이 상황이 납득이 가지 않았다.

"응, 그래그래. 유우키는 참 훌륭하구나~. 아내가 있는데도 자기한테 집적거리려고 하는 여자가 있으면, 바로 아내에게 보고하는 남자라서. 뭐, 아무튼 토우카한테는 설교를 해야겠다. 사랑하는 내 남편을 유혹하는 나쁜 아이한테는 벌을 줘야지."

"저기, 적당히 해. 걔는 나를 놀리려고 농담한 거라고 했으니까."

"아니야. 이 세상에는 넘으면 안 되는 선이란 게 있거든? 그러니까 내가 좀 혼내 주고 올게!"

스즈카는 의기양양하게 출발했다. 지금도 우리 집 어딘가에 있는 토우카를 찾으러.

토우카 Side

"으응, 아앗, 그만……, 그, 그…… 그만해, 주세요!"

언니가 내 가슴을 주무르자, 견디지 못하고 한심한 소리를 내는 나.

어째서 언니가 내 가슴을 주무르는가? 그 이유는 간단합니다.

"남의 남편한테 손대려고 할 정도로 욕구불만인 것 같던데? 그럼 내가 해소해 줘야지, 응?! 자, 어때. 여기가 기분

좋지?"

"아, 아니, 으응…… 거긴, 안 돼…… 안 된……다고요! 애초에, 그건 어, 언니, 언니를 위해서, 그랬던 건데……."

간지러움인지 쾌감인지 알 수 없는 기묘한 감각이 나를 덮쳤고.

이대로 가다간 더 이상한 소리가 날 것 같아서.

필사적으로 언니의 마수에서 벗어나려고 애를 썼지만…….

언니는 놔주지 않았습니다.

"이제, 그만, 그만해 주세요……. 앗…… 아앗♡"

나한테서 지독하게 섹시한 신음 소리가 흘러나왔습니다.

그 소리를 들은 언니도 이제는 헉 하고 놀란 것 같았습니다.

"그, 그럼 벌은, 여기까지만 주고 끝낼까!"

드디어 내 가슴을 주무르는 짓을 그만둬줬습니다.

"으흑……. 내가 왜, 언니한테 이런 이상한 소리를 들려줘야 하는데요……?"

"아하하하, 미안. 그래서? 너는 왜 유우키를 유혹하려고 한 거야?"

"나도 기본적으로는 그런 짓은 안 하거든요? 다만, 이런 말 하기는 뭐하지만요. 언니랑 유우키 오빠는……. 내가 온 다음부터는 한 번도 안 했잖아요?"

"뭘?"

어리둥절한 표정으로 물어보는 언니. 나는 확실하게 말해 줬습니다.

"성행위 말입니다."

"으, 응?"

"성행위 말이에요. 유우키 오빠와 언니는 전혀 안 하고 있잖아요. 내가 이 집에서 살게 된 지 벌써 6일이나 지났다고요? 그런데 아직까지 한 번도 안 하다니, 이상하지 않습니까? 이건 건전한 게 아니라 오히려 불건전한 겁니다!"

나는 언니 부부의 정사를 구경하려고 매일 밤 감시를 했습니다.

그 현장을 발견하면 은근슬쩍 방해하면서 놀려줄 마음도 있었습니다.

너무나 행복한 우리 언니와 유우키 오빠를 살짝 괴롭혀주고 싶었습니다.

그런데 두 사람은 전혀 그럴 기미가 보이지 않았습니다.

새벽 3시까지 감시했는데도 뭔가 그럴싸한 소리는 들리지 않았습니다. 언니의 코고는 소리만 들려올 뿐이었습니다.

이쯤 되니 나는 걱정이 되는 것이었습니다.

어? 뭐지, 이 두 사람, 부부 생활을 제대로 하고 있는 거 맞아? 하고.

부부는 밤에 성관계를 하는 것. 성관계 없이도 부부가 성립되는 것은 성욕이 다 사라진 후이거나, 너무 바빠서 그런 일을 할 여유가 없거나, 사랑이 식었거나, 육아에 시달리고 있거나, 대충 그런 이유 때문일 겁니다.

언니 부부는 서로에 대한 사랑이 식은 것도 아니고, 또 입시 준비를 하느라 바쁘긴 해도 성관계를 못 할 정도로 여유가 없는 것도 아니었습니다. 성욕도 사라지진 않았고요.

물론 자식도 없습니다.

그래요. 안 할 이유가 없는 겁니다.

나는 문득 깨달았습니다. 설마 두 사람은 이 집에 내가 있어서 눈치 보느라 안 하고 있는 건가? 하고.

애초에 괴롭히러 오긴 했지만요. 일이 이렇게 되면 사정이 달라지지요.

물론 나는 유우키 오빠와 우리 언니가 이성을 잃고 정신없이 노는 것을 막기 위해 여기에 왔습니다.

하지만 이렇게까지 금욕을 시킬 마음은 없어요. 나는 착한 사람이니까.

장난으로 괴롭히긴 해도, 두 사람을 진짜로 괴롭힐 생각은 없거든요.

두 사람한테 금욕 생활을 시키게 된 것이 오히려 미안해진 나는 마침내 직접 나서기로 결심했습니다.

어젯밤에 나는 유우키 오빠에게 장난을 쳤습니다. 키스해도 된다고 하면서.

오늘 아침에도 좀 야한 느낌으로 접근해 봤습니다.

솔직히 말하자면 엄청나게 부끄러웠습니다. 과거에 좋아했던 사람이 아니라, 앞으로 내가 좋아하게 될 미래의 상대에게 그런 짓을 하고 싶었지만…….

아니, 내 이야기는 관두죠. 나한테 성적으로 대시를 받은 유우키 오빠의 이야기를 다시 해봅시다.

유우키 오빠는 우리 언니를 정말 좋아하는 성실한 사람입니다. 그러니까 나한테 야한 짓은 절대로 안 해요.

그리고 나한테 농락당한 유우키 오빠는 소화불량으로 초조함을 느끼게 됐을 테죠.

그래서 그 초조함을 해결하려고 언니에게 다가갈 겁니다. 틀림없이.

그런데 유우키 오빠는 언니한테 키스조차 하지 않았습니다. 이 부부는 정말로 뭔가 문제가 있는 게 아닐까요?

혹시 완벽하게 숨어서 하고 있나? 하고 열심히 그 증거도 찾아봤습니다.

하지만 그럴싸한 흔적은 발견되지 않았습니다.

"언니랑 오빠는 성욕이 별로 없는 담백한 부부인가요?"

"저기, 애초에 나와 유우키는……."

"네?"

"해, 해본 적이 없어."

"어휴, 뭐예요. 저를 놀리는 거예요? 아, 알았어요. 유우키 오빠는 성욕이 없는 게 아니다. 하지만 언니가 거부해서 안 하고 있는 거다. 맞죠?"

나의 멋진 추리가 작렬했습니다.

언니는 좀 희한한 결벽성이 있으니까요.

나한테 이것저것 들키고 싶지 않아서 유우키 오빠에게 참으라고 강요하고 있는 거군요?

하지만 유우키 오빠를 위해서 나는 마음을 독하게 먹고 언니를 질책하기로 했습니다.

"그러면 유우키 오빠가 불쌍하잖아요. 가끔은 하게 해주세요. 신혼이니까 그런 부분도 소중히 여겨야 합니다. 우리 부모님은 바로 얼마 전에도…… 아, 음. 이 이야기는 그만할까요."

"아, 아니, 그러니까! 지, 진짜로 해본 적이 없다고……."

"네? 방금 무슨 말을 했나요?"

"유, 유우키하고, 야한 짓 해본 적 없어……. 에헤헤?"

"……."

나는 할 말을 잃었습니다.

네? 단둘이 살면서 부모님한테 감시도 안 받는데, 아직 안 했다고요?

너무 놀라서 뺨이 꿈틀꿈틀 경련을 일으킬 정도였습니다.

"아니, 아니, 저기요, 잠깐만요. 아무리 그래도 그건…… 거짓말이죠?"

"아니. 진짜야, 진짜."

"자, 자세히 설명해 보세요."

나는 언니한테서 그 이유를 들었습니다.

그리하여 알게 된 사실은 이들이 무시무시한 닭살 커플이고, 둘 다 이상한 변태란 것이었습니다.

아니, 저기요. 지금 이 순간을 느긋하게 즐기고 싶으니까 야한 짓은 하지 말고 참자고요? 이 부부는 무슨 이성의 괴물인가요?

"뭔가 즐거운 일을 하고 계시네요."

"응, 엄청 즐거워. 날마다 가슴이 마구 두근거려."

보기만 해도 재미있는 이 괴상한 부부의 미래.

불행한 일로 삐뚤어져서 사회적인 낙오자 기분에 젖어 있던 나.

행복해 보이는 두 사람을 보니, 사악한 마음이 점점 정화되는 듯한 느낌이 들었습니다.

"왠지 저까지도 즐거워지는 것 같아요. 사실 저, 언니와 오빠를 괴롭히려고 이 집에 왔거든요. 난 불행한데 너희들은 왜 이렇게 행복해? 하고."

무의식중에 좀 심하게 정화된 나는 죄를 고백하고 말았습니다.

그러자 언니는 다 안다는 듯한 표정을 지었습니다.

"안 놀라요?"

"응. 왜냐면 내가 너와 같은 처지였어도 그랬을 테니까."

언니의 다정한 미소를 보자——.

뭔가 차가운 것이 내 뺨을 타고 흘러내렸습니다.

"어, 으읏, 앗, 아니, 눈물이······."

"많이 힘들었지?"

그동안 너무나 힘들었던 나를, 언니는 다정하게 위로해줬습니다.

나는 단지 행복해 보인다는 이유만으로 언니를 괴롭히러 온 나쁜 여동생인데요?

눈물이 멈추질 않았습니다. 흘러넘치는 감정도 막을 수 없었습니다.

"언니······. 나, 그 학교에서, 3년을 보내고 싶었어요······."

"응, 응."

"방송통신 학교에 다니면, 문화제도 없고 체육대회도 없어요. 아무것도 없다고요. 모처럼 고등학생이 되었는데, 어떻게 이럴, 이럴 수가. 이건 너무하잖아요······."

울면서 나는 마음속에 담아뒀던 것을 언니에게 끊임없이 털어놓았습니다.

언니는 아무런 불평도 하지 않고 가만히 내 이야기를 들어줬습니다.

실컷 울고 나서 봤더니, 거실 테이블에 뭔가가 놓여 있었습니다.

편의점에서 파는 좀 비싼 푸딩이었습니다.

내가 집안일을 하게 된 다음부터는 냉장고의 내용물은 파악하고 있었습니다.

그러니까 푸딩이 집에 없다는 것도 알고 있었습니다.

"유우키 오빠가 일부러 가서 사 온 거네요?"

나를 따뜻하게 대해 주는 이 부부는 수험생.

나 참, 하는 수 없죠. 내가 제대로 뒷바라지 해주지 않으면 안 되겠죠?

제5화 욕실에서 알몸 교제

여름방학도 이제 거의 다 끝나갈 무렵.

토우카와 같이 사는 생활에도 적당히 익숙해진 어느 날 밤.

거실에서 나와 스즈카는 공부하다가 좀 쉬면서 잡담을 하고 있었다.

"다나카랑 미키가 사귄대. 유우키, 넌 알고 있었어?"

"응, 예전부터 알았어."

"와—, 그랬구나. 난 미키가 가르쳐 주기 전까지는 전혀 몰랐어."

이야깃거리가 떨어지질 않는 나와 스즈카. 그러나 이야기할 시간은 한정돼 있었다.

시곗바늘이 8시를 가리켰을 때. 밀월의 시간을 방해하는 자가 나타났다.

"자, 두 분. 이제는 다시 공부하러 갈 시간입니다!"

감시자 겸 가사도우미인 토우카였다.

요새는 점점 더 잔소리가 심해지는 것 같았다.

"조금만 더 쉬어도 되지 않아?"

"응, 맞아. 딱 10분만 더. 응?"

"안 됩니다. 수험생이잖아요? 착실하게 공부해 주세요."

토우카의 말은 전적으로 옳았다.

하지만 스즈카와 이야기를 하고 싶어서 참을 수 없는 기분이었다.

토우카한테 안 돼? 하고 눈빛으로 물어봤지만 소용없었다. 결국 거절당했다.

하는 수 없이 포기한 나는 내 방에서 공부를 시작했다.

나와 스즈카는 부부지만, 아직은 거리를 서서히 좁혀나가는 단계였다.

날이 갈수록 좋아하는 마음은 점점 커져서 억누르기 어려워지고 있었다.

"어디 없나? 나와 스즈카가 둘이서 놀 수 있는 시간이……."

나는 나름대로 생각을 해봤다.

오늘 이 시간 이후에 스즈카와 대화할 수 있는 것은, 자기 직전의 짧은 시간밖에 없었다.

그 외에는 다 공부 시간이고……

아니, 잠깐만. 목욕하는 시간이 있잖아?

나와 스즈카는 둘 다 목욕을 오래 하는 타입. 적어도 한 시간은 넘게 느긋하게 목욕탕에 들어가 있었다.

이 시간은 토우카한테 잔소리를 들을 필요도 없이 나와 스즈카만의 시간으로 활용할 수 있지 않을까?

나는 공부도 제쳐두고 스즈카에게 전화를 걸었다.

『응, 왜? 전화하는 거 들켰다간 토우카한테 혼날 텐데?』

"너와 같이 있는 시간이 필요해. 그러니까 같이 목욕하지 않을래?"

『아, 그러게. 생각해 보니 목욕도 자유시간이구나! 좋아, 같이 하자!』

놀랍게도 상대는 쉽게 OK를 해줬다.

그런데 나는 경험이 없는 남자였다. 그리고 오른팔이 나을 때까지는 스즈카를 덮치지 않겠다고 결심했다.

"수영복을 입어 줬으면 좋겠어."

『응, 내 알몸은 아직 자극이 심할 테니까. 그렇지?』

전화 너머로도 웃음을 사버렸다.

하지만 그 말이 사실이었기 때문에 반론의 여지는 전혀 없었다…….

♡ ♡ ♡

자, 드디어 기다리던 목욕 시간이 왔다.

나와 스즈카는 둘이서 탈의실에 들어왔다.

"유우키~. 나랑 같이 목욕하고 싶어 하다니, 너도 훌륭한 변태구나?"

"부부잖아. 이 정도는 기본 아니야?"

"그건 그래. 자, 그럼 들어갈까. 아 참, 네가 말했던 대로 수영복은 입고 왔어!"

스즈카는 잽싸게 옷을 벗었다.

옷 밑에 입고 있던 수영복은, 저번에 같이 들어갔을 때 입었던 학교 수영복이 아니었다.

"어때, 잘 어울려? 너와 같이 목욕탕에 들어갈 때에는 수영복이 있는 편이 좋을 것 같아서. 새 수영복을 사봤어."

스즈카가 기분 좋게 보여주는 수영복.

그것은 프릴이 달린 비키니였다.

"이러면 알몸이 아니어도 위험하잖아. 아니, 오히려 알몸보다 더…… 좋다."

스즈카에게 너무 잘 어울리는 비키니.

단순히 섹시하기만 한 게 아니라, 프릴이 달려 있어서 귀엽기까지 한 것이 정말 좋았다.

"와, 다행이다. 자, 유우키. 너도 빨리 벗어."

"응, 그래. 실은 나도 수영복을 입고 왔어."

나는 옷을 벗어서 디자인을 중시한 서프 팬츠 차림을 스즈카에게 보여줬다.

그런데 스즈카의 평가는 좋지 않았다.

"딱 달라붙는 수영복이 너한테는 더 잘 어울린다고 생각하는데……."

내가 입은 서프 팬츠를 바라보는 저 불만스런 눈이 무서웠다.

아, 알았다. 틀림없이 조만간 나한테 잘 어울릴 거라면서 수영복을 사 올 것이다.

내가 딱 달라붙는 수영복을 억지로 입게 되는 것은 시간문제일지도 모른다.

"자, 이제 들어갈까."

"응, 어서 들어가자! 아~ 기대된다. 오늘은 우유 입욕제를 넣어놨거든."

우리 둘은 목욕탕으로 들어갔다.

몸을 충분히 씻은 뒤 드디어 입욕을 하게 되었다.

스즈카는 의기양양하게 욕조 뚜껑을 열었다. 그러자 우유 입욕제를 넣어서 그런지 유백색으로 변한 목욕물이 보였다. 그리고 희미하게 달콤한 향기가 욕실에 퍼져 나갔다.

"와, 여기 들어가면 기분 좋겠다."

"그렇지~? 아, 유우키. 잠깐만 뒤로 돌아서 있어 줄래?"

"왜?"

"아이, 이유는 묻지 말고."

스즈카가 시키는 대로 나는 뒤로 돌았다.

수십 초 후. 첨벙 하고 스즈카가 욕조에 들어가는 소리가 났다.

"이제 이쪽을 봐도 돼."

스즈카 쪽을 돌아봤다. 그런데 특별히 이상한 점은 없었다. 그저 스즈카가 목욕물에 몸을 담그고 있을 뿐이었다.

도대체 뭘 꾸미고 있는 건지…….

"빨리 와."

스즈카가 어깨까지 물에 담근 채 나를 불렀다.

"그렇게 재촉하지 마…….'

스즈카와 마찬가지로 나도 목욕물에 몸을 담갔다.

그러자 기다렸단 듯이 스즈카가 나에게 가까이 다가왔다.

그 순간 나는 확실히 눈치챘다. 스즈카가 나한테 뒤를 보고 있으라고 했던 이유를.

왜냐하면 내 몸에 닿은 스즈카는 수영복을 안 입고 있었기 때문이다.

"옷을 다 벗었어?"

"응! 오늘은 안 보이니까 벗어 버렸어."

입욕제의 영향으로 물이 불투명한 흰색으로 변했으므로, 물속에 들어가 있으면 몸이 보이지 않게 된다.

그래서 스즈카는 대담하게도 수영복을 벗은 모양이다.

"넌 부끄럼쟁이잖아. 오늘은 대담하네."

"아니, 뭐. 당연히 부끄럽지. 하지만 우리의 관계를 좀 더 진전시키고 싶어서."

점점 행동이 과격해지는 스즈카. 가슴이 미친 듯이 두근거렸다.

기쁨과 더불어 아주 약간의 아쉬움도 느꼈다.

부끄러워하는 스즈카의 모습도 머잖아 볼 수 없게 되는 걸까. 그게 왠지 아쉬웠다.

완전히 알몸이 된 스즈카와 같이 하는 목욕.

우리는 두근두근하는 마음으로 잡담을 나누기 시작했다.

"토우카 말이야. 요새는 좀 괜찮아?"

거실까지 토우카의 울음소리가 들렸던 것은 지금도 생생히 기억했다.

괴로워하는 목소리를 들으니 뭐라도 해주고 싶은 마음이

들었다.

　그래서 위로해 주려고, 토우카가 좋아하는 디저트인 푸딩을 사러 갔었다.

　"으──음, 글쎄. 그때 실컷 울고 나서는 기운을 차린 것 같은데……. 걔는 허세를 부리는 편이거든."

　"그렇지……."

　"정말 불쌍해. 그러니까 지금은 무조건 예뻐해 줘야지~ 란 생각이 들어."

　"응, 그래서 어떻게 예뻐해 줄 건데?"

　"여러 가지 방식으로. 오늘은 이걸로 맛있는 거라도 사 먹어~ 하고 1만 엔을 줬어."

　"응, 예뻐하고 있네. 하지만 금전적으로 예뻐해 주는 것은 적당히 해."

　우리한테 용돈이나 받으면서 살자.

　토우카가 그런 사람이 되어버린다면, 그건 싫으니까.

　물론 토우카가 그렇게 될 것 같진 않지만…….

♡ ♡ ♡

　욕조에 들어간 지 15분 후.

　나에게 기대어 있던 스즈카는 갑자기 나를 향해 몸을 빙글 돌렸다.

　"뭐야, 왜 이쪽을 봐?"

"네 얼굴이 보고 싶어서……. 그리고 저기, 있잖아……."

"응, 왜?"

스즈카는 눈동자를 이리저리 굴리면서 나에게 물어봤다.

"내 알몸, 제대로 보지 않을래?"

"……봐도 돼?"

"시, 싫으면, 이런 말을 하지도 않아……. 최근에 좀, 신경 쓰여서……."

"뭐가?"

"우리들 말이야. 너무 천천히 전진하고 있는 거 아냐? 이렇게 서서히 관계가 진전되는 생활이 즐겁긴 한데, 아무리 그래도 좀 심하게 느리지 않아?"

"아―. 그러게."

"에헤헤. 토우카가 '야한 짓을 안 하는 부부라니, 그건 정상이 아니야!'란 눈빛으로 우리를 보고 있으니까. 왠지 좀 초조해져서……."

"굳이 초조해할 필요는 없는데……."

"아니, 초조해지는 게 당연해. 내 욕심을 말하자면, 아직 고등학생일 때 너한테 안기고 싶은걸. 그런데 지금 이 속도로는 안 될 것 같아서. 안 그래?"

"의외로 구체적이네."

스즈카의 말을 듣고 나는 살짝 쓴웃음을 지었다. 하지만 그 마음은 이해했다.

나도 첫 경험은…… 고등학생 때 하고 싶으니까.

"응, 그래서 어떻게 할래?"

우리의 관계를 진전시키겠다는 각오는 분명히 스즈카의 눈동자 속에 깃들어 있었다.

하기야 같은 곳에서 제자리걸음만 계속하고 싶지 않은 것은 나도 마찬가지였다.

그래서 나는 조금만 앞으로 나아가보기로 했다.

"으, 응. 그럼……."

정확히 뭐라고 말하지 않아도 스즈카는 내 마음을 알아줬다.

"역시 이런 건 부끄럽다……. 아하하……."

스즈카는 수줍게 웃으면서 천천히 일어났다.

어린 시절에 같이 목욕했을 때와는 전혀 다른 몸매의 스즈카가 눈앞에 나타났다.

"어, 어때? 신경 써서 관리하고 있는데, 내 몸. 이상하진 않지?"

"굉장히 예쁩니다……."

나도 모르게 정중한 말이 튀어나왔지만, 어쨌든 나는 착실하게 칭찬했다.

그러자 스즈카는 부끄러운지 꼼지락거리면서 나에게 말했다.

"네가 전부 다 봤으니까. 책임져야 해, 알았지?"

"응, 이미 충분히 책임지고 있는데?"

결혼도 했으니까. 더 이상 무슨 수로 내가 스즈카의 알몸을 본 것을 책임질 수 있겠는가.

나는 그 아름답고 매력적인 몸을 보고 무심코 손을 내밀었다.

그러나 스즈카가 슬쩍 피했다.

"아니, 왜?"

"에헤헤. 만지는 건 아직 부끄러워서 안 돼!"

의외로 순진한 내 아내.

자기 알몸을 제대로 보여줬으면서도 아직 만지는 것은 허락해주지 않는 모양이다.

그런데 이 와중에 또——.

"자, 유우키. 너도 이제 벗자!"

자기가 나를 만지는 것은 괜찮은지, 내 서프 팬츠를 벗기려고 했다.

내 아내는 정말 이상한 여자라니까…….

"으헤헤, 이 정도는 괜찮지 않느냐, 으응? 응~~~?"

"앗, 야! 그만해! 나 지금, 진짜로, 좀 그렇거든? 흥분해서 진짜로 좀 그런 상태야!"

하지만 같이 있으면 너무나 즐거웠다.

그리고 역시 내 아내는 변태일지도 모른다.

부부로서의 관계를 진전시키려고 할 때…….

키스보다도 먼저 알몸을 보여주는 것부터 시작하시니까.

제6화 2학기 개막

나는 오랜만에 고등학교 교복을 입었다.

깁스를 해서 좀 입기 힘들었지만, 어찌어찌 간신히 소매에 팔을 넣을 수 있었다.

그렇다. 여름방학이 드디어 끝나버린 것이다.

지금부터 또 매일 학교에 다녀야 한다고 생각하니 좀 우울해졌다.

현관에서 신발을 신고 있는데, 토우카가 황급히 내 곁으로 달려왔다.

"저기요, 도시락을 싸봤는데요. 가져가 주세요."

"어? 일부러 싸준 거야? 고마워."

"전는 방송통신 학교로 전학 갔으니까요. 시간적인 여유는 있습니다."

토우카는 으쓱 하고 자랑스럽게 그 소박한 가슴을 활짝 폈다.

이 아이는 무사히 방송통신 고등학교로 전학을 가서 앞으로는 집에서 공부하게 되었다.

특별히 시간표가 정해져 있는 것은 아니라서 자유롭게 시간을 정할 수 있었다.

그래서 자기 일은 제쳐 두고 우리를 위해 집안일을 이것저것 해주는 것 같았다.

"그래도 너무 방심하지는 마. 알았지?"

토우카의 학력은 고등학교 1학년 때의 나보다도 많이 낮은 편이었다.

얼마 전까지는 육상 경기 위주의 생활을 했었으니까. 당연히 공부 쪽은 엉망이었다.

그러니까 아무리 방송통신 학교여도, 방심하면 졸업을 못할 가능성도 충분히 있었다.

"그 점은 잘 알고 있으니까 안심하세요."

현관에서 토우카와 대화하고 있는데, 마침 학교 갈 준비를 마친 스즈카도 이쪽으로 왔다.

"얍."

신발을 신으려고 살짝 몸을 숙이는 스즈카. 나는 그 교복 차림에 시선을 빼앗겼다.

내 아내인데 현역 여고생. 교복을 입은 스즈카의 모습을 보니 한층 더 그 사실을 의식하게 되었다.

"아내가 교복 입은 모습을 직접 본다는 거 말이야. 생각해 보면 굉장하지 않아?"

"응, 유우키. 네 말대로 코스프레가 아니라 진짜니까."

새삼스레 엄청난 상황이구나 하고 생각했다.

우리 둘은 히죽히죽 웃었다. 그때 토우카가 기막혀하는 얼굴로 우리의 등을 떠밀었다.

"이봐요, 아침부터 자기들끼리 시시덕거리지 말고 빨리

학교에나 가세요."

"응, 그럼 다녀올게. 착하게 집 잘 보고 있어. 알았지?"

"그래, 혼자가 됐다고 신나서 폭주하면 안 돼."

"아니, 둘 다 너무하는 거 아녜요?!"

어린애 취급하지 말라고 화를 내는 토우카.

토우카로선 그런 취급이 억울한가 본데, 전과가 있으니 어쩔 수 없었다.

나와 스즈카가 학원에 가 있는 동안에 토우카가 몰래 뭔가를 뒤진 듯한 흔적이 남아 있었던 것이다.

나 참……. 아아, 그나저나 여름방학이 끝난 건가…….

좀 우울한 나의 고교 생활 마지막 2학기는 이렇게 시작되었다.

♡ ♡ ♡

스즈카와 함께 통학하는 시간은 순식간에 지나갔다.

하기야 그것도 당연했다. 각자 부모님 댁에서 살던 시절과는 달리, 지금 살고 있는 집에서는 학교까지의 거리가 압도적으로 가까워졌기 때문이다.

나와 스즈카가 속한 3학년 2반 교실은 여름방학이 끝나서인지 평소보다 더 시끄러웠다.

이번에 놀러 간 곳이 어땠다. 올여름에는 대입을 대비해서 하절기 수업을 받느라 너무 힘들었다. 기타 등등. 정말

다양한 내용의 이야기들이 오가고 있었다.

나도 그 무리에 끼어들려고 친구인 다나카에게 말을 걸었다.

"야, 다나카. 오랜만이다."

"오, 안녕? 신도. 진짜 오랜만이다."

"올여름에는 뭐 재미있는 일이라도 있었어?"

"꽤 많이 있었지? 특히 제일 재미있었던 것은——."

다나카는 헤어스타일리스트가 되기 위해 직업 전문학교에 들어갈 예정이었다. 입학시험은 작문과 면접으로 끝. 그것에 대한 준비는 하고 있지만, 그 외의 공부는 전혀 할 필요가 없었다. 그래서 이번 여름도 마음껏 만끽했다고 한다.

"너도 참 치사하다. 나는 죽어라 공부만 했는데."

"죽어라 공부만 한 것치고는 의외로 네 표정은 불만이 별로 없어 보인다? 기분 탓인가?"

다나카는 히죽히죽 웃으면서 나를 보더니 곧바로 같은 교실에 있는 스즈카를 돌아봤다.

그렇다. 이 녀석은 나와 스즈카가 결혼했다는 것까진 몰라도, 우리 사이가 요즘 괜찮다는 것은 알고 있었다.

"뭐, 나도 나름대로 즐기긴 했지."

"어이구. 야, 부럽다."

"아니, 너도 여자 친구 있잖아? 맞다, 요즘에는 좀 어때?"

다나카는 애인이 있다. 그 상대는 현재 스즈카와 이야기하고 있는 카네다 미키란 여자애였다.

말투가 시원시원하고 분위기도 잘 타는 밝은 아이였다.

두 사람은 같은 미용 전문학교를 목표로 한다는 공통점 덕분에 점점 가까워졌다고 한다.

"아— 그게, 으음."

내 질문에 다나카는 뭐라 형용할 수 없는 표정을 지었다.

"저기……. 설마, 헤어졌어?"

"아직은 안 헤어졌어……. 아직은."

"도대체 무슨 일이야?"

"좀 다른 데 가서 이야기할까."

나와 다나카가 이야기하고 있는 자리에서는 멀었지만, 그래도 여기에는 카네다도 있었다.

다나카는 그 아이에게 들리지 않도록 복도로 나를 데리고 나갔다.

학생은 자기 반 교실 말고는 들어가면 안 된다는 교칙이 있었다.

그래서 복도에서는 다른 반 아이들끼리 많이 모여서 수다를 떨고 있었다.

"실은 말이지……. 미키한테 바니걸 코스프레를 해 달라고 부탁했다가 '변태! 징그러워!'란 소리를 들었거든. 그런데 나는 계속 밀어붙이면 어떻게든 될 거라고 믿었어. 그래서 막무가내로 계속 부탁했는데, 걔가 진짜로 화를 냈어. 그때부터 쭉 어색한 상태야."

복도에서도 마음을 놓지 못하고 다나카는 소리 죽여 사건의 전말을 나에게 가르쳐 줬다.

"코스프레해 달라고 여자한테 부탁하는 게, 잘못된 거야?"

"아마 그런 부탁을 하면 십중팔구 거절당할걸? 실제로 나는 징그럽다, 변태야, 죽어라! 하고 욕을 먹었으니까."

아니, 이봐. 왜 그렇게 멍청한 소리를 해? 하고 다나카는 어처구니없다는 듯한 표정으로 나를 쳐다봤다.

스즈카는 신나게 코스프레를 해줬는데. 다른 여자들은 그렇지 않은가 보다.

"그, 그렇구나."

"만날 축구만 하는 축구 바보인 줄 알았는데, 실은 너도 욕망이 넘치는 남자였구나?"

"무슨 소리야?"

"네 표정에서 다 티가 나는걸. 해 달라고 부탁해 본 경험이 있지?"

"그, 글쎄?"

"뭐, 어쨌든 자기 욕망만 채우려고 하다가 나처럼 큰 실수를 하지는 마라."

완전히 의기소침해진 다나카는 내 어깨를 두드리면서 응원해줬다.

"너야말로 힘내서 화해해라, 응?"

"응, 힘낼게. 아무튼 여자 친구가 싫다고 하면서 거부하면, 진짜로 당장 그만두도록 해. 안 그러면 나처럼 된다."

상당히 후회하는 것 같은 다나카. 나는 솔직하게 사실대로 말해 봤다.

"아직은 진심으로 거부당해 본 적이 없는데."

"진짜? 뭐, 그래도 납득은 간다. 너희들은 엄청나게 사이 좋으니까……."

그때 문득 나는 생각했다.

"저기, 스즈카는 나한테 어떤 말을 들으면 '싫어!'라고 할 것 같아?"

"상대가 싫어하는 짓은 하지 말라니까? 내 조언을 무시하는 거야?"

나와 다나카는 아침 조회가 시작될 때까지 즐겁게 이런저런 잡담을 나눴다.

♡ ♡ ♡

2학기 첫날은 무사히 끝났다.

첫날부터 7교시까지 빡빡하게 수업을 듣고 간신히 자유의 몸이 되었다.

교문을 통과했을 때 스즈카가 불쑥 나타나 나에게 말을 걸었다.

"유우키~ 집에 같이 가자!"

"응, 그래."

나와 스즈카는 같이 집에 돌아가려고 걸음을 뗐다.

"스즈카, 넌 어떤 부탁을 받으면 싫다고 할 거야?"

"응? 갑자기 그게 무슨 소리야?"

다나카는 코스프레를 해 달라고 부탁했다가 싫다는 소리를 들었다.

꼭 그게 아니더라도, 보통은 아무리 연인 사이여도 상대에게 싫은 감정을 품는 것은 결코 드문 일이 아닐 것이다.

그런데 나는 지금까지 스즈카에게 진심으로 거부당해본 경험이 없었다.

"결혼하고 나서는, 내가 무슨 말을 했을 때 네가 진심으로 거부한 적이 없었던 것 같아서."

"으—음. 지금은 거의 뭐든지 다 OK 해버리는 느낌이긴 하지……? 내가 싫어하는 게 뭐냐고 물어봐도, 좀……. 아! 하나 있다."

"뭐, 뭔데?"

"헤어져 달라고 부탁받으면, 싫다고 하면서 울 거야."

그건 그렇다. 당연하지 하고 내가 눈빛으로 말하자, 스즈카는 다시 턱을 만지작거리면서 생각에 잠겼다.

나도 스즈카가 진심으로 싫어할 것 같은 일을 말해 보기로 했다.

그래, 다나카가 실패했던 것을 시도해 보자.

"바니걸 코스프레는 어때?"

"응? 그건 해줄 수 있는데?"

싫어하기는커녕 스즈카는 흥미진진한 태도로 눈을 반짝 빛냈다.

"그럴 줄 알았어."

"어휴, 그런 거 말고. 좀 더 화끈한 걸 말씀해보시죠?"

"그건 안 돼. 내가 부끄러워지니까."

"이 순진한 남편 같으니! 아유, 진짜~ 실은 이것저것 하고 싶잖아, 응?"

스즈카가 팔꿈치로 내 몸을 꾹꾹 찌르면서 놀렸다.

치. 무슨 말을 들어도 괜찮다는 듯이 여유로운 저 태도가 마음에 안 든다.

좋아, 그럼 진짜로 무서운 말을 해보자.

"내가 SM 플레이를 해보고 싶다고 하면, 어쩔래?"

"……응, 어, 으음─."

여유를 잃고 눈을 살짝 내리까는 스즈카.

예상치 못한 나의 발언에 놀라서 새빨개진 얼굴로 이리저리 눈을 굴리고 있었다. 귀엽네.

나는 농담이라고 말하려고 했다. 그런데─.

"네가 나를 괴롭히는 거라면, 괜찮아……."

가냘픈 목소리로 스즈카가 나에게 말했다.

"뭐?"

"에헤헤. 너를 너무 좋아하니까. 내가 너를 괴롭힐 수는 없어."

심장의 고동이 순식간에 빨라졌다.

부끄러워하면서도, 내가 하고 싶은 일이라면 괜찮다고 말하는 스즈카의 눈.

그것을 본 나의 가슴은 미친 듯이 두근거렸다.

"노, 농담이었거든?"

정말로 뭐가 안 되는 건데?

내가 말하는 거면 뭐든지 OK 해주는 내 아내. 나는 그런 아내와 함께 집으로 돌아갔다.

♡ ♡ ♡

집에 돌아온 우리를 기다리고 있는 것은 호랑이 교관으로 변신한 토우카였다.

여름방학이 끝나자, 입시 공부에 투자할 수 있는 시간은 줄어들었다.

그래서 오늘부터는 전보다 더 엄하게 우리를 감독할 거라고 했다.

"자, 두 분. 공부할 시간입니다. 어서 자기 방으로 가서 공부해 주세요."

오늘은 오랜만에 학교에 갔다 와서 피곤하니까 좀 봐줘도 되잖아? 하고 스즈카가 투덜거렸다.

그러자 토우카는 스즈카가 구입한 코스프레 굿즈 중 하나인 죽도를 손에 쥐었다.

탁! 하고 바닥을 때리더니, 즉시 토우카는 그 죽도로 직접 스즈카를 내리쳤다.

물론 적당히 힘을 조절해서 절대로 다치지 않을 정도로 약하게.

"아야! 너무해. 맞을 거면 유우키한테 맞고 싶은데!"

"별로 세게 때리지도 않았는데 호들갑이 심하시네요?"

"끄으윽. 아니, 잠깐만. 그 죽도는 내 코스프레 굿즈잖아?! 내 방에서 훔쳐 온 거야?"

"재미있는 아이템이라서 무심코 들고 나와 버렸네요."

"끄윽~~~. 너무해, 토우카! 이 바보야~~~! 착하게 집이나 보고 있으라고 했더니, 넌 나쁜 아이구나?!"

싸움에 진 개처럼 꼬리를 말고 도망치는 스즈카. 집주인인데도 참 힘없는 포지션이었다.

뭐, 그것도 어쩔 수 없었다. 만약에 토우카가 토라져서 자기 집으로 돌아가 버리면, 그 대신 우리 어머니가 감시하러 우리 집에 찾아올 테니까. 지금은 꾹 참을 수밖에 없었다.

"자, 유우키 오빠도 어서 공부하세요. 농땡이 부리면 제가 아주머니한테 이렇게 말씀드릴 거예요? '도저히 안 되겠으니 두 사람을 일단 떼어 놓는 게 좋겠어요'라고."

"크윽……. 알았어. 알았다고. 공부할게."

그렇다. 나와 스즈카의 동거 생활.

이것을 계속할 수 있느냐 없느냐는 완전히 토우카에게 달린 것이었다.

토우카의 명령에 반항해 봤자 좋을 것은 없었다.

괜히 반항했다가는 입시가 끝날 때까지 나와 스즈카의 행복한 생활을 박탈당할 것이다.

"이게 제 애정이에요. 결코 괴롭히려는 게 아닙니다."

"정말로? 실은?"

"행복해 보이는 두 사람을 괴롭히는 게 참 재미있네요."

"와, 진짜, 이 사디스트 같은 처제가……."

"오빠랑 언니가 둘이서 알콩달콩 노느라 공부는 안 한다고 아주머니한테 말씀드릴까요?"

"죄송합니다. 제발 그것만은 하지 말아 주세요."

스즈카와 마찬가지로 토우카에게 패배한 나는 무거운 발걸음으로 자기 방에 가서 공부를 시작했다.

학교생활이 시작되면 전보다 더 스즈카와 같이 노는 시간이 줄어들 거라고 각오는 했었다. 그런데 아무래도 상상보다 더 많이 줄어들 것 같았다.

시시한 잡담이나 할 여유도 줄어드는…… 걸까?

"의외로 힘들다."

결혼해서 처음으로 괴로움을 느낄 만한 사건이었다.

이것은 중대한 사태였다. 어떻게든 해결하지 않으면 안 될 것이다.

아무튼 현재 나는 공부에 집중을 못 해서, 다나카가 추천작이라면서 나한테 빌려준 로드 바이크 만화나 읽고 있으니 말이다.

"앗, 유우키 오빠! 공부 안 하고 놀지 말라니까요?!"

내가 열심히 공부하나 보러 온 토우카가 나를 혼냈다.

"아니, 집중력이 떨어져서……."

"어휴, 기가 막히네요. 언니도 뭐 하나 보러 갔더니, 유우키 오빠 성분이 부족하다면서 열심히 오빠 그림을 그리고 있던데요."

"뭐, 정말? 보고 싶다."

"그렇게 말할 줄 알았어요."

토우카는 스즈카가 그림 그릴 때 사용하는 사과 마크 태블릿 PC를 손에 들고 있었다.

그런데 잠겨 있어서 내용물은 볼 수 없었다.

"주인한테 부탁해도 잠금을 풀어줄 것 같진 않은데."

"글쎄요, 구경이나 하세요."

익숙한 손놀림으로 태블릿의 잠금을 해제하기 위해 필요한 비밀번호를 입력하는 토우카.

그러자 정말로 잠금이 해제돼서 자유롭게 쓸 수 있는 상태가 되었다.

"그걸 어떻게 알았어?"

"비밀입니다."

설마 내 휴대폰의 비밀번호도, 아, 아는 건 아니겠지?

토우카는 두근두근 기대하는 표정으로 그 태블릿을 건드리기 시작했다.

"자, 그럼. 언니가 그린 그림과 만화를 좀 볼까요."

그림 그리기 앱을 열더니 그 안에 저장된 데이터를 살펴봤다.

아까 토우카가 말했던 내 그림은 과연 어떤 그림일까?

그런데 맨 처음 튀어나온 만화는——.

남녀가 농밀한 스킨십을 하는 것이었다.

게다가 그 남자는 나를 좀 닮은 것 같은데…….

더구나 나랑 비슷한 그 남자는 여자에게 상당히 난폭한 짓을 하고 있었다.

"어, 언니의, 숨겨진 어둠을 본 것 같은데요."

난감해서 어쩔 줄 모르는 토우카. 나도 너무 놀라서 목소리가 저절로 작아졌다.

"사람의 취향이란 것은 다양하니까. 어, 어둠이라고 할 정도는 아니잖아?"

"그, 그렇죠! 언니도 가끔은 이런 걸 그리고 싶어질 수도 있죠! 다, 다음 만화를 봅시다. 틀림없이 언니의 역작이 나올 거예요."

그 후 이것저것 살펴봤다.

결과부터 말하자면, 스즈카가 그린 만화는 죄다 에로틱한 러브 코미디였다.

그것도 야한 장면을 엄청나게 공들여 묘사해 놓은 만화.

"유, 유우키 오빠. 이걸 봤다는 사실을 들키면, 언니가 우리를 죽일까요?"

"아, 아니, 죽이진 않을 거야. 그런데 스즈카는 일상 만화 작가를 목표로 한다고 했는데, 그게 다 거짓말이었구나."

스즈카는 자주 나한테 그런 말을 했었다. '현실세계에서 일어난 일을 좀 각색해서 만화로 만들어 독자들을 즐겁게 해주고 싶어!'라고.

그것은 에로틱한 러브 코미디를 그린다는 사실을 숨기기 위한 거짓말이었구나.

자신이 망상해서 생각해 낸 여자와 남자의 연애 스토리를 만화로 만들어 공개한다.

키스나 데이트 장면에 반영된 자신의 연애 취향을 노골적으로 보여주는 행위.

말하자면 일종의 수치 플레이. 그런 일을 하면서 부끄러움을 느끼지 않는 사람이 오히려 드물 것이다.

"저기, 유우키. 우리 좀 쉬자! 아…… 어?"

그때 내 방으로 돌격한 스즈카는 목격하고 말았다.

자신의 태블릿 PC를 들여다보고 있는 나와 토우카의 모습을.

"아, 앗, 아니, 안 돼! 보, 보면, 안 돼앗!!"

스즈카는 기세 좋게 나와 토우카를 향해 뛰어오더니 태블릿 PC를 빼앗았다.

그리고 자신이 그린 야한 만화가 화면에 표시되어 있는 것을 봤다. 그 순간 소리 없는 비명을 지르면서 바닥에 털썩하고 쓰러졌다.

"으으으으으읏~~~~~!!!"

눈 깜짝할 사이에 스즈카의 얼굴은 새빨갛게 변했다. 눈동자가 이리저리 바쁘게 굴러가고, 무슨 말을 하고 싶어도 말이 안 나와서 입만 뻐끔거리고 있었다.

보다 못한 나와 토우카는 허둥지둥 사태를 수습하기 시작했다.

"너, 그림 잘 그린다. 이 정도면 금방 프로가 될 수 있을 거야."

"우, 우리는, 언니가 어떤 걸 그려도 언니를 응원할 거예요. 알죠?"

가족에게는 쉽게 보여줄 수 없는 아슬아슬한 수위의 작품을 그리고 있다.

그 사실을 들켜 버린 스즈카는 희미한 소리로 웃었다.

"아, 아하하하……. 죽고 싶다……."

♡ ♡ ♡

에로틱한 러브 코미디 만화가 지망생이란 사실을 나와 토우카에게 들켜버린 스즈카.

그것은 별로 부끄러운 일이 아니다. 그렇게 몇 번이나 위로해 준 결과.

스즈카도 이제는 어느 정도 마음이 진정된 것 같았다.

"야한 만화를 그리고 있다는 것을 가족한테 들키다니. 휴, 역시 부끄럽구나……."

"그런데 좀 의외야. 네 성격상 솔직하게 공개했어도 이상하진 않을 텐데."

"좀 야한 작품이니까. 당연히 남한테 보여주기는 부끄럽지. 나라고 뭐든지 다 공개해 버릴 정도로 뻔뻔한 여자가 아니거든?"

스즈카는 황당하다는 듯이 대꾸했다.

하긴 그렇다. 그 에로 러브 코미디 만화를 지인에게 보여주려면 용기가 필요할 것이다.

자, 그럼 스즈카를 안심시켜 주기 위해서라도 나 자신의 태도를 명확하게 밝혀야겠다.

"나는 부정하지 않을 거야. 네가 어떤 작품을 그리더라도 나는 네 편이야. 저기, 있잖아. 오늘 본 네 만화 말인데. 순수하게 재미있었어. 뭔가 기본적으로는 야한 여자애인데, 가~끔 보여주는 순진한 일면의 갭이 굉장히 매력적이었어."

"고마워. 내가 그린 만화를 네가 부정하지 않는다는 것은 눈치챘지만, 그래도 네가 정식으로 말해 주니까 기뻐. 게다가 칭찬까지 해주다니. 나 놀랐어."

"그런데 스즈카. 네가 에로 러브 코미디를 그리고 있을 줄은 꿈에도 몰랐어."

"뭐—? 정말? 일상 만화가를 목표로 하는 사람이, 평소에 에로 러브 코미디 만화를 좋아하고, 또 코스프레에 그렇게 푹 빠질 것 같아?"

"음, 왠지 그건 아닌 것 같네."

"그렇지? 말하자면 그런 거야."

"아—, 그렇구나."

스즈카가 저번에 코스프레 의상을 샀던 그 만화 『서큐버스가 좋아하는 것!』. 그것은 편견일 수도 있지만, 어쨌든 일상 만화를 좋아하는 사람이 읽을 것 같은 책은 아니었다.

최근에 스즈카가 보여준 언동과 행동을 봐도 그렇다. '나는 '에로 러브 코미디' 만화를 그리고 있습니다!'라는 말이 더 실감나게 다가왔다.

아니, 그런데 잠깐만. 나는 충격적인 사실을 깨닫고 식은땀을 흘렸다.

"저, 저기, 스즈카. 너는 잡지에는 실리지 못할 정도로 야한 장면을 자세히 그리고 있던데……."

"에헤헤……. 응, 그건 네 덕분이야. 사실 그렇게까지 자세히 그릴 필요는 없지만."

"야! 너 진짜로 그걸 작화 자료로 썼어?!"

그렇다. 내 팬티 속 내용물을 사진으로 찍었던 스즈카.

어차피 거짓말일 거라고 생각했는데, 정말로 그걸 자료로 썼던 모양이다.

온갖 정보를 소화하지 못하고 망연자실해진 나에게 스즈카는 또 새로운 정보를 줬다.

"저기, 유우키. 실은 네 팬티 속 내용물을 참고 자료로 삼는다는 것을 들켰을 때는 말이지. '아, 내가 야한 만화를 그린다는 사실을 유우키한테 들켰구나?!' 하고 당황해서 식은땀이 삘삘 났었어……."

스즈카의 입에서 나온 진실. 들으면 들을수록 스즈카가

일상 만화가 아니라 에로 러브 코미디 만화를 그리는 게 당연하다는 생각이 드는구나…….

여러모로 충격을 받긴 했지만, 나는 일단 스즈카에게 고개 숙여 사과했다.

"아무튼 정식으로 사과할게. 내 마음대로 네 만화를 봐서 미안해. 잘못했습니다."

뭔가를 숨기는 것은, 숨기고 싶기 때문이다.

그런데도 단순한 호기심 때문에 스즈카의 비밀을 폭로해 버린 것은 잘못이었다.

나는 제대로 고개를 숙이고 스즈카에게 용서를 구했다.

"난 별로 신경 안 써. 그동안 숨기긴 했어도, 어차피 상업 작가로 데뷔하면 '실은 에로 러브 코미디를 그리고 있었어!' 하고 커밍아웃할 생각이었거든."

신기하게도 취미냐, 직업이냐에 따라 사람들의 평가는 달라지는 경향이 있다.

만화나 일러스트 같은 것은 특히 그런 풍조가 강한 느낌이 들었다.

그래서 스즈카는 상업 작가로 데뷔할 때까지는 말하고 싶지 않았던 건가.

"데뷔 예정은?"

"현재로선 없어. SNS에 열심히 올리고 있는데, 이게 좀처럼 인기를 얻지 못해서……."

"흐음. 출판사에 투고한다든가, 그런 건 안 해?"

"요즘 시대에는 그런 방식은 성공하기 어려워. 특히 에로 러브 코미디는 더더욱 그렇고. 직접 투고하는 것보다는 SNS에서 인기를 모아서, 출판사의 연락을 받아 상업 작가로 데뷔하는 쪽이 압도적으로 성공률이 높아."

잘은 모르겠지만 뭔가 엄청난 계획을 가지고 움직이고 있는 스즈카.

만화가가 된다는 것은 생각보다 어려운가 보구나. 나는 막연하게 그것 하나만 이해했다.

"저기, 그래서 지금 SNS 팔로워는 몇 명이야?"

"약 1만 명."

"많은데?"

"아직 한참 부족해. 아아―, 열심히 해야지. 일단 입시 공부부터 열심히 해야겠지만."

"만화에 온 힘을 쏟는다는 선택지는 없나 봐?"

"응, 없어. 왜냐하면 난 만화를 좋아하지만, 그래도 평범하게 대학생이 돼서 미팅도 하고 동아리 활동도 하고, 뭔가 이것저것 해보고 싶거든."

만화가 지망생이라곤 해도 오로지 거기에만 매달리는 삶을 살고 싶진 않다.

스즈카는 그런 아이였다. 꿈을 추구하면서도 인생을 즐기고 싶은 것이다.

"부럽다."

"응?"

갑자기 무슨 소리야? 그런 표정으로 스즈카는 나를 걱정스럽게 쳐다봤다.

"꿈이라든가, 하고 싶은 일이 있다는 거. 정말로 부러워."

축구 선수가 되겠다는 꿈을 이루지 못한 나.

아니, 정확히 말하자면 스스로 포기했다고 해야 할 것이다.

그 후로 아직은 '내가 가장 하고 싶은 일이라고 확실히 말할 수 있는 것'은 찾지 못했다.

"그야 뭐, 수험생인데 어쩔 수 없지. 공부 외에는 인풋이 적으니까. 네가 새로운 큰 꿈을 찾을 수 있을 리 없잖아?"

"……그건 그래. 하지만 대학에 합격한 후에는, 남아도는 시간을 어떻게 하면 좋을지 몰라서 불안한데."

"그런 걱정은 합격한 다음에 해."

지극히 옳으신 말씀이라 쓴웃음밖에 안 나왔다.

"걱정 마. 유우키. 내 생각에 너는 입시만 끝나면, 나랑 연애하는 것 말고도 하고 싶은 일이 잔뜩 생길 거야. 그리고 그중에서 큰 꿈을 찾게 될 거야!"

스즈카는 당당하게 가슴을 펴고 내 등을 힘차게 두드렸다.

"대체 무슨 근거로……."

"왜냐하면 너는 점점 달라지고 있거든."

"뭐?"

"네가 『서큐버스가 좋아하는 것!』을 읽었을 때 뭐라고 했는지 기억해?"

"나쁘진 않다고 했지."

"응, 맞아. 예전 같으면 재미없다, 이해가 안 간다고 했을 거야. 즉, 그것은 이제 축구 말고 다른 것에도 충분히 관심을 가지게 되었다는 증거야."

"그렇구나. 예전의 나와 지금의 나는 전혀 다른 건가."

축구를 그만둔 직후에 비하면, 나는 다양한 것들에 관심을 가지게 되었다.

단순히 스즈카와 같이 놀기만 하는 게 아니었다. 그 외에도 관심이 가는 것이 늘었다.

그 사실을 깨달았기 때문일까? 내 마음속 깊은 곳에 계속 남아 있던 초조함이 눈 녹듯이 사라져갔다.

"있잖아, 유우키. 나랑 알콩달콩 노는 것 말고도 또 뭐가 하고 싶어?"

스즈카는 짓궂게도 나한테 하고 싶은 게 뭐냐고 물어봤다.

이제는 초조함도 사라져서 그런지, 난 깊이 생각하지도 않고 자연스럽게 농담하듯이 이런 말을 했다.

"난 뭔가 즐거운 일을 하고 싶어."

"우후후. 그렇구나. 그럼 즐거운 일을 많이 하자, 응?"

이날 나는 진정한 의미에서 '축구 선수가 되겠다'는 저주에서 해방된 걸지도 모른다.

제7화 중화풍 찻집에서 치파오

2학기가 시작된 지 2주일이 지났다.

여름방학의 여운으로 들떠 있던 분위기는 완전히 사라져 버렸다.

수업과 수업 사이의 휴식 시간. 수험생들은 단어장을 손에 들고 열심히 공부하고 있었다.

전문학교에 가기로 결심한 아이들은 이미 진로가 정해져서 그런지 신나게 떠들고 있었다.

이처럼 학생들의 양극화가 진행되는 가운데, 두 그룹 모두가 기대하고 있는 고교생의 마지막 대형 이벤트가 코앞으로 다가왔다.

그렇다. 바로 문화제였다.

고교 생활의 가장 큰 이벤트는 역시 문화제일 것이다.

나와 스즈카가 속해 있는 3학년 2반이 선보이는 것은 중화풍 찻집.

중국처럼 꾸민 음식점에서 딤섬을 제공하는 것이었다.

그것을 무사히 성공시키기 위해 수험생 그룹과 전문학교 그룹, 그리고 그 외까지 포함하여 모든 세력이 다 함께 협력해서 준비를 해나갈 예정이었는데…….

실제로는 준비가 거의 되지 않았다.

그 원인을 찾자면, 중화풍 찻집의 책임자가 된 사카이 나나의 영향이 클 것이다.

이 여자애는 좋게 말하면 남의 의견을 귀담아듣는 아이였고, 나쁘게 말하면 스스로는 뭔가를 결정하지 못하는 아이였다. 그래서 방침이 제대로 정해지질 않는 것이다.

리더 역할을 잘 수행하지 못한 사카이는 자기 친구인 스즈카에게 매달려 하소연했다.

"어, 어쩌지……?"

"내가 대신 우리 반 대표가 되어줄까?"

"저, 정말? 괜찮아?"

"작년에는 반 대표였으니까. 문화제 규칙 같은 것도 잘 알고 있어."

2학년 때 문화제에서는 스즈카가 반 대표로서 모두를 지휘해 메이드 카페를 성공시켰다.

올해도 그 일을 하려고 했는데, 사카이가 해보고 싶다고 해서 양보했던 것이다.

그리하여 신용과 실적이 있는 스즈카가 사카이 대신 반 대표가 되었다.

이에 대해선 아무도 이의를 제기하지 않았다.

그리고 스즈카의 독재 정권의 막이 올랐다.

"이번에 우리가 하는 것은 딤섬을 제공하는 중화풍 찻집이야. 자, 그러니까 치파오를 입자!"

"망했다. 저 애를 대표로 만들면 이렇게 될 거라고 예상했어야 했는데……."

"우와—! 여자애들이 치파오 입은 모습을 볼 수 있다고? 최고인데?"

여자들의 치파오 차림을 볼 수 있게 되어서 신이 난 남학생들.

그러자 스즈카는 '무슨 헛소리를 하는 거야?'란 표정으로 선고했다.

"응? 남자들도 입을 건데."

"……크윽, 그래, 왠지 그럴 것 같았어!"

남자들은 '얘는 이런 녀석이란 것을 깜빡했어!' 하고 머리를 싸쥐면서 탄식했다.

이렇게 될 줄 알았으면 내가 반 대표를 할걸 그랬다면서 후회하는 사람들이 속출했다. 그리고 그들은 스즈카의 소꿉친구인 나한테 상담을 요청하더니 이렇게 말했다.

저 녀석의 폭거를 좀 막아 달라, 우리는 코스프레를 하고 싶지 않다고.

"내가 하지 말라고 말해도 쟤한테는 안 먹힐 것 같은데?"

"아니, 제발 좀. 부탁할게! 우리는 치파오 따윈 입고 싶지 않아!"

"맞아. 나도 부끄러워서 입기 싫어!"

"어차피 많아 봤자 몇 벌밖에 준비하지 못할 텐데. 전원이 입게 되지는 않을 거야. 그렇게 심하게 걱정할 필요는 없어."

"……아, 그러네."

"하긴 그래. 그럼 재미있을 것 같다고 말했던 애들만 입으면 되겠다."

"우리가 생각이 부족했어. 하기야 예산도 정해져 있으니 기껏해야 몇 벌밖에 못 구하겠지. 그럼 그걸 입는 사람도 몇 명밖에 안 될 테고."

코스프레를 싫어하는 사람들은 내 말을 듣고 납득해서 돌아갔다.

내가 그 뒷모습을 바라보고 있는데.

스즈카가 사악하게 히죽 웃으면서 이쪽을 보고 있는 것이 눈에 띄었다.

아―. 저 녀석. 무슨 꿍꿍이가 있구나.

그리고 스즈카가 히죽 웃었던 이유는 금방 밝혀졌다.

7교시는 학급회의 시간인데, 오늘은 그 시간에 문화제 준비를 해도 된다고 했다.

그래서 반 대표인 스즈카는 일을 주도하기 위해 교단에 섰다.

그리고 우리에게 어떤 사실을 보고했다.

"자, 이거 봐~! 비품실을 뒤져 봤더니 과거에 사용된 치파오가 잔뜩 나왔어."

과거에 개최된 문화제에서 치파오를 사용한 학급이 있었다.

그걸 가져가 봤자 쓸데도 없으니 그냥 학교에 기부했는데, 스즈카가 그것을 비품실에서 발굴해 온 것 같았다.

"이렇게 많이 준비했으니까. 이 정도면 모두가 입을 수 있겠다. 그렇지?"

스즈카가 말했다. 아까 나한테 치파오를 입기 싫다고 말했던 학생들에게.

"⋯⋯으, 응."

"그, 그러네."

중국옷을 입기 싫어서 나한테 설득을 부탁했었던 녀석들이 이번에는 나를 노려봤다.

뭐? 예산이 부족해서 옷을 많이 준비할 수 없으니까 실제로 입는 사람은 적을 거라고?

결국 다 같이 입게 되었잖아! 하고.

아니, 이건 내 잘못이 아니잖아?

♡ ♡ ♡

눈 깜짝할 사이에 시간이 흘러 문화제 전날이 되었다.

문화제를 준비하는 날인 오늘은 일반 수업은 없었다.

아침부터 방과 후까지의 시간을 마음껏 써서 내일 문화제를 준비할 수 있는 것이다.

미로나 귀신의 집을 만들기로 한 학급들은 준비하느라 난리가 난 와중에, 우리도 중화풍 찻집을 하기로 했으니 적당히 중국 같은 분위기로 교실 내부를 꾸며야 했다.

책상들을 붙여놓고 그 위에 중국식 테이블보를 깔고, 풍선이나 종이로 만든 꽃들을 살풍경한 벽에 달아놓고. 그렇게 이것저것 장식을 했다.

또 교실 밖에도 중화풍 이미지의 찻집이란 것을 알 수 있도록 간판을 설치했다.

기본적으로 음식점은 손님들이 길게 줄을 서는 경우가 많다. 그래서 줄 정리를 위한 손팻말도 만들었다.

그렇게 준비가 착착 진행되는 가운데 제일 열심히 일하는 사람은──.

"저기, 그쪽도 부탁해~."

사카이한테서 배턴을 넘겨받아 반 대표가 된 스즈카였다.

점심때가 지났을 무렵. 드디어 중화풍 찻집의 실내 인테리어는 완성됐다.

무사히 인테리어도 끝났으니 그다음에는 요리 제공 및 접객 시뮬레이션을 해보기로 했다.

긴장해서 숨을 꿀꺽 삼키면서 '이걸 진짜로 입어?' 하고 두려워하던 녀석들도, 어느새 문화제 특유의 들뜬 분위기에

휩쓸려 치파오를 입을 결심을 하게 된 것 같았다.

"뭐, 그래. 이것도 좋은 기회니까."

"맞아. 이런 짓 할 수 있는 것도 고등학생 때밖에 없잖아?"

그토록 입기 싫다고 했으면서도, 꽤 신이 난 것처럼 치파오로 갈아입더니 접객 연습을 하기 시작했다.

한편 나를 비롯한 요리 담당자들은 조리실로 향했다.

우리 반이 판매하는 음식은 중화풍 찻집이란 이름에 어울리는 사오마이, 만두, 춘권 같은 딤섬이었다. 음료수는 우롱차와 흑우롱차.

그런 음식들을 시험 삼아 만들어봤다. 사오마이와 만두는 기성품을 찜통에 넣어 쪘고, 춘권은 냉동 제품을 전자레인지에 넣고 데웠다.

음료수인 우롱차와 흑우롱차는 캔에 든 것을 그대로 제공하기로 했다.

음, 뭐랄까. 참 아쉬운 느낌이었다.

하지만 어쩔 수 없지……. 고등학생의 문화제는 위생 기준이 엄격하니까 이러는 게 당연했다.

식칼 사용 금지. 익히지 않은 육류나 어패류 사용 금지.

파스타 소스는 시판 제품만 사용 가능. 거기에 추가할 수 있는 것은 조미료밖에 없다.

요리를 할 수 있는 공간은 조리실밖에 없고. 그 외의 장소는 불가.

이처럼 많은 조건을 지키려다 보니 이렇게 될 수밖에 없었던 것이다.

"유우키, 그쪽은 어때?"

접객 그룹을 감독하던 스즈카가 조리실로 상황을 보러 왔다.

"아, 마침 다 됐는데. 자, 가져가줘."

"응, 좋아."

데운 요리를 쟁반에 담아 가져가는 스즈카.

조리실에서 우리가 음식을 만들면, 치파오를 입은 학생이 교실로 가져가 제공한다.

내일은 이런 일이 계속 반복될 것이다.

확인 작업이 끝나자, 나를 비롯한 요리 담당자들 몇 명은 뒷정리를 마치고 조리실에서 나왔다.

교실에 돌아가 보니 그곳에는 즐거워 보이는 광경이 펼쳐져 있었다.

이번에는 내가 입을래! 하고 치파오를 서로 가지려고 다투는 남자도 있었고, 신나게 기념사진을 찍는 여자도 있었고, 가게 상황을 보러 온 야마자키 담임선생님한테까지 치파오를 입히려고 하는 악동도 있었다.

"스즈카. 이렇게 놀게 놔둬도 되는 거야?"

"괜찮아. 최소한의 접객은 할 수 있도록 연습했으니까."

"하기야 말투가 좀 이상해도, 그렇게까지 빡빡하게 뭐라고 하는 녀석은 없으려나."

"응, 응. 어쨌든 이게 마지막 문화제구나~."

스즈카는 왠지 아련한 눈빛으로 주위를 보면서 그런 말을 했다.

"……그러게. 이게 끝나면 진짜로 진로를 향한 일직선 코스잖아."

"일단 체육대회도 남아 있지만. 문화제에 비하면 약하지."

"아무튼 내일이 기대된다."

"응, 응. 정말로 어떻게든 잘 해내서 다행이야."

우리의 문화제는, 출발은 최악이었다.

스즈카가 리더가 되기 전에는 아무것도 정해지지 않았었다.

그러나 이제는 어찌어찌 잘 해내고 있었다.

나는 교실에 펼쳐진 광경을 멍하니 바라봤다. 그때 스즈카가 내 관심을 끌려고 내 뺨을 꼬집었다.

"아, 아야."

"저기, 지금 무슨 생각 해?"

"응? 그냥, 이것저것."

"그렇구나. 그런데, 우린 이렇게 즐기고 있는데……."

스즈카의 얼굴이 흐려졌다.

뭔가 불안 요소라도 있었나?

아니, 그게 아니다. 이건 문화제 때문에 불안해하는 게 아니라…….

"너 혹시 토우카가 마음에 걸려서 그래?"

"응."

스즈카는 토우카를 생각하고 있었다.

토우카는 육상부에서 코치한테 성희롱을 당하던 아이를

구해 줬다.

그리고 코치를 쫓아내는 데 성공했지만, 상당히 우수했던 그 코치의 추종자들한테 원한을 사서 괴롭힘을 당하게 되었다.

그 결과 어쩔 수 없이 방송통신 학교로 전학을 가게 된 불쌍한 아이였다.

실은 토우카도 이렇게 즐거운 고교 생활을 할 권리가 있었다.

그런데 무자비하게 그 권리를 박탈당했으니, 스즈카는 그 점이 신경 쓰이는 것이었다.

"그러게, 토우카도 이런 분위기를 맛보게 해주고 싶어."

"그래서 말인데, 유우키. 문화제 둘째 날은 토우카랑 같이 축제 구경을 해주지 않을래? 걔는 나를 싫어하니까 나랑 같이 다녀 봤자 즐겁지 않을 거야."

"아니, 토우카는 너를 싫어하지 않을걸?"

"뭐―? 에이, 그건 아니야. 저번에도 맛있는 밥을 차려 줘서 고마워~ 하고 내가 다정하게 쓰다듬어 줬더니, 걔가 '징그러워요!' 하고 나를 때렸는걸."

"저기, 어디를 쓰다듬었는데?"

"가슴을 살짝. 좀 커지길 바라면서."

"응, 맞아도 싸다."

"뭐, 없는 가슴을 만졌던 것은 그렇다 치고. 아무튼 둘째 날은 토우카를 좀 부탁할게, 알았지?"

"응, 나한테 맡겨. 아, 바람피우진 않을 거니까 걱정 마."

"후후. 알아. 난 믿어."

♡ ♡ ♡

문화제 첫째 날이 밝아왔다.

학교에 다니는 학생들과 교원들끼리만 즐기고, 일반 개방
은 안 하는 날.

그런데, 그런데 말이다.

"자, 이번엔 이거 가져가줘!"

"사오마이의 겨자가 빠졌어!"

"사오마이 둘, 만두 셋 추가요~!"

우리의 중화풍 찻집은 예상을 뛰어넘어 엄청난 인기를 모
았다.

희소성 있는 치파오가 그 원인이었다.

보통 인기가 가장 많을 메이드 카페조차 뛰어넘을 정도로
많은 손님들이 이쪽으로 몰려왔다.

덤으로 서비스가 좋다는 것도 인기의 원인 중 하나였다.

"맛있어져라~, 맛있어져라~, 모에모에큥♡"

치파오를 입은 남자가 사오마이에 사랑을 쏟아부었다.

그렇다. 메이드 카페와 동등한 서비스를 중화풍 찻집에서
받을 수 있는 것이다.

치파오를 입은 남자를 본 여학생 손님들이 '와, 이상해!'
'저기, 사진 찍어도 돼?' '아하하하, 뭐야~?' '포즈 좀 취해

봐!' 하고 칭찬하듯이(?) 말을 걸어줬으므로, 남자는 기분이 좋아졌고.

그 결과 메이드 카페처럼 '모에모에큥♡' 하고, 오므라이스가 아니라 사오마이나 만두나 춘권에다가 '맛있어지는 마법'을 자기 마음대로 걸어주기 시작한 것이다.

메뉴판에 실려 있지 않은 비밀 메뉴라면서.

"사, 사오마이 하나. 마법도 걸어 주세요."

치파오를 입은 예쁜 여자애한테 그렇게 주문하는 남학생 손님.

안타깝군요. 그 마법 서비스는 알고 보면.

남자가 자기 멋대로 시작한 서비스라서—.

"알겠습니다. 저기, 남자 직원분~ 여기 이 손님께서 마법을 걸어 달래요~~~."

"아, OK. 그럼 손님. 진심을 다해 사오마이에 마법을 걸어드리겠습니다. 자, 그러면 같이 해볼까요?! 맛있어져라~ 맛있어져라—."

오로지 남자 한정. 여자의 마법 토핑은 하나도 없는 것이다.

이처럼 아무 문제도 없이 순조롭게 가게 운영은 이루어졌다.

그런데 나는 기분이 언짢아서 참을 수 없었다.

"네, 오래 기다리셨습니다. 사오마이와 춘권입니다~!"

기운차게 접객을 하고 있는 스즈카.

"치파오를 입은 미타 말인데. 예쁘지 않아?"

"줄을 선 보람이 있어. 아, 진짜 아깝다. 모에모에큥♡도

해주면 좋았을 텐데."

"맞아, 진짜. 저렇게 예쁜 애한테 모에모에큥♡ 서비스를 받고 싶어~~~~."

치파오를 입은 스즈카가 남자들한테 인기 만점인 것이 나로선 몹시 짜증이 났다.

그런 내 기분이 전해진 걸까. 스즈카는 지나쳐갈 때 나에게 말했다.

"질투하는 거야? 귀엽긴. 유우키, 너한테는 나중에 특별 서비스를 해줄게."

♡ ♡ ♡

문화제라는 귀한 이벤트를 즐기기 위해 나와 스즈카는 둘이서 교내를 둘러보기로 약속했다.

그렇다. 문화제에서 가볍게 데이트를 하는 것이다.

약속 장소인 뒤뜰에서 기다리고 있는데 스즈카가 이쪽으로 뛰어왔다. 치파오를 그대로 입고 있었다.

"오래 기다렸지?!"

"아니, 옷 안 갈아입었어?"

"내가 치파오를 입고 돌아다니면 가게 홍보가 되잖아?"

나와 스즈카는 그렇게 만나서 문화제를 즐기기 위해 출발했다.

어떤 가게에 들어가 볼까? 하고 고민하면서 걸음을 옮겼다.

작년에도 이러니저러니 해도 같이 문화제를 구경하고 다녔는데, 올해는 그때와는 좀 분위기가 달랐다.

"에헤헤, 좋아하는 사람과 문화제 데이트를 한다고 생각하니, 가슴이 두근거려."

"작년에도 같이 문화제를 구경했는데, 올해는 왠지 좀 다른 느낌이네."

"아, 나 솜사탕 먹고 싶어!"

솜사탕 가게 앞에서 스즈카는 멈춰 서서 즉시 구입했다.

보통은 기계로 만드는 솜사탕을 상상할 테지만, 문화제에서는 그런 것은 불가능.

우리 고등학교에서는 솜사탕 기계는 화재 위험성이 있으므로, 봉투에 든 기성품만 판매가 가능했다.

"흠, 역시 문화제다운 품질이야."

"에이, 너무 투덜거리지 마. 기성품 솜사탕이라도 맛있는 건 맛있는 거니까."

스즈카는 솜사탕을 내 입에 집어넣었다.

솜사탕은 입안에서 사르르 녹아 순식간에 사라져 버렸다.

"자, 이제 어쩔래?"

"우후후. 실은 내가 꼭 가고 싶었던 곳이 있거든."

스즈카가 그렇게 말하고 나를 데려간 곳은······.

점술 동호회가 주최하는 연애 진단 저택이었다.

아마도 커플의 궁합을 봐주는 기획인 것 같았다.

개최 장소는 도서실 한구석.

그럴싸한 분위기를 내기 위해 검은색 로브를 입고 있는 점술 동호회 학생이 우리를 기다리고 있었다.

"네, 그럼 점을 볼게요. 으으으으음~~~~~~ 두 사람의 궁합은…….''

스즈카와 나는 둘 다 마른침을 꿀꺽 삼키고 결과를 기다렸다.

점쟁이 역할을 맡은 그 학생은 나와 스즈카의 얼굴을 힐끔 보더니, 무거운 목소리로 말을 꺼냈다.

"최악이군요. 아마도 결혼하긴 어려울 겁니다."

"풋…….''

"아하하!''

나와 스즈카는 서로 마주 보면서 웃음을 터뜨렸다.

점쟁이 학생은 그 모습을 보고 영문을 몰라 어리둥절해졌다.

"……저기요, 왜 웃으세요?''

"아니, 그 결과는 안 맞을 게 뻔하거든.''

"무, 무슨 소리예요? 지금 내 점을 못 믿고 시비 거는 거예요?! 저기요, 잘 들으세요. 애초에 고등학생 때부터 사귀기 시작한 커플이 결혼할 확률은…….''

"응, 응. 그래그래.''

"오—, 그런 통계가 있구나?''

"여, 여유가 넘치시네요? 아, 알았다. 두 분은 지금 열애

171

중이니까, 절대로 결혼을 안 한다는 선택지는 없을 거라고 생각하는 닭살 커플인 거죠?!"

"응~? 아닌데?"

"쳇, 됐어요. 이렇게 세상 물정 모르는 바보 커플의 점을 봐준 게 잘못이지. 자, 방해하지 말고 빨리 나가요, 나가!"

휙휙 손을 흔들면서 우리를 쫓아내는 점쟁이. 그대로 우리는 점술 저택을 떠났다.

복도로 나온 나와 스즈카는 새삼스레 웃음을 터뜨렸다.

"저건 절대로 적중할 리가 없지. 안 그래?"

"응, 맞아."

점쟁이는 우리가 절대로 결혼할 수 없을 거라고 말했지만, 우리는 이미——.

결혼을 해버렸으니까.

"자, 그럼 다음에는 어디로 갈까?"

"글쎄——."

그 후 우리는 카레도 먹고, 미로에도 들어가고, 요요 물풍선 낚시도 하는 등 이것저것 하면서 하루 종일 즐겁게 놀았다.

♡ ♡ ♡

눈 깜짝할 사이에 문화제 첫째 날은 끝나고 둘째 날이 되었다.

오늘은 학교 외부 손님도 입장할 수 있는 날이다. 그래서 동네 사람들이나 이 학교 학생의 지인들, 또 우리 학교에 입학하고 싶어 하는 중학생들이 많이 찾아왔다.

오전 10시 20분. 슬슬 교문에 도착한다는 메시지를 받고 나는 교문으로 갔다.

잠시 후 메시지를 보낸 인물이 나타났다.

"아, 왔어?"

"네, 놀러 왔습니다. 오늘은 초대해 주셔서 감사해요."

그곳에 나타난 사람은 스즈카의 여동생 토우카였다. 면바지와 후드 티를 입은 스포티한 모습이었다.

토우카는 원래 육상부가 강한 기숙제 학교에 다니다가 불행한 일을 당하는 바람에 방송통신 학교로 전학을 가게 된 불쌍한 아이였다.

문화제도 우리처럼 평범하게 즐길 수 있었을 텐데——.

그럴 기회를 빼앗기고 말았다.

본인이 당연히 누려야 했던 문화제의 즐거움.

그것을 조금이라도 맛보게 해주고 싶어서 오늘은 이렇게 초대해봤다.

문화제를 스스로 준비하는 것과 단순히 놀러 오는 것은 전혀 다를 테지만.

뭐, 그래도 조금이라도 즐겨준다면 기쁠 것이다.

"우선 화장실에 가서 이 옷으로 갈아입고 와."

나는 어떤 옷이 들어 있는 조그만 가방을 토우카에게 건네줬다.

스즈카가 준비해 준 옷. 오늘 이벤트에 잘 어울리는 특별한 의상이 그 안에 들어 있었다.

"네?"

"자, 오늘은 실컷 놀아야 하니까. 빨리 갈아입고 와."

나는 토우카의 등을 부드럽게 밀어 줬다.

♡ ♡ ♡

"와, 잘 어울리는데?"

"저기요. 이래도 괜찮아요?"

"괜찮아, 괜찮아. 그냥 당당하게 굴면 절대로 안 들켜."

"하지만……."

마음이 불안한지 쭈뼛거리면서 화장실에서 나온 토우카의 옷차림.

그것은 나와 스즈카가 다니는 이 고등학교의 교복이었다.

우선 옷차림부터 즐길 수 있게 해주려는 것이었다.

"혹시나 남한테 들키면, 언니의 코스프레를 해본 거라고 잡아떼면 돼."

"후훗. 뭐예요? 그 이상한 변명은."

좀 이상한 내 발언을 듣고 웃는 토우카.

아무튼 토우카의 망설임도 이제는 사라진 것 같았다. 문화제를 즐길 준비가 됐구나.

"그럼 갈까? 우선 어디부터 가고 싶어?"

"글쎄요……. 유우키 오빠가 가고 싶은 곳으로 가요."

"귀신의 집이구나."

"……안 가면 안 돼요?"

"설마 무서워서 그래?"

"아, 아뇨, 알았어요. 오빠가 가고 싶다면 어쩔 수 없죠."

올해 귀신의 집을 만들어놓은 학급은 네 개.

그중에서 1학년 2반의 '공포 미궁'이라는 귀신의 집에 한 번 가보기로 했다.

목적지를 향해 출발하면서 나는 토우카에게 말을 걸었다.

"있잖아, 토우카. 방송통신 학교가 아니라 다른 학교로 전학 갈 마음은 없었어?"

"없었습니다. 이게 무슨 만화나 애니메이션도 아니잖아요. 전학생이 학급에 잘 녹아들 확률은 현실적으로 그리 높지 않아요. 그래서 방송통신 학교를 선택할 수밖에 없었죠."

"……미안. 이상한 걸 물어서."

"아뇨, 전 괜찮아요. 그런데 유우키 오빠. 오빠는 저 같은 애랑 문화제에서 같이 노는 것보다는, 언니랑 같이 노는 게 더 좋았을 텐데요."

"우리는 이미 잘 놀았어."

"아, 네, 그렇군요……. 정말로 언니 오빠는 치사하다니까요. 저한테도 그 행복을 좀 나눠 주세요."

토우카는 울컥한 표정으로 고개를 홱 반대쪽으로 돌렸다.

그래, 부럽겠지. 나라도 토우카와 같은 입장이었다면 부러워서 질투했을 것이다.

"응, 그래서 이렇게 행복을 나눠 주려고 문화제에 초대했잖아."

"현금으로 주세요. 오빠가 언니한테 저한테 너무 잘해 주지 말라고 해서, 언니가 용돈을 전혀 안 주게 되었다고요."

"나 참. 너 뭐야? 돈을 보고 덤벼드는 하이에나 같은 친척이야?"

"후후, 그럴지도 모르죠. 아마 조만간 저 말고 진짜로 위험한 녀석이 나타날지도 몰라요. 그때는 조심하세요."

"……응, 조심할게."

거금을 손에 넣은 나와 스즈카.

친척이 그 소문을 듣고 돈을 빌려 달라, 사업을 위해 융자해 달라, 조금쯤은 친척들한테 나눠 달라, 기타 등등.

그렇게 떠들면서 몰려드는 것은 충분히 있을 수 있는 일이라서 좀 무서웠다.

"그런데 오빠가 저랑 같이 놀면 언니가 질투할 거라고 생각하는데요? 그건 괜찮아요?"

"스즈카가 공인해 준 거니까 괜찮아."

"네? 착한 유우키 오빠가, 문화제를 즐길 기회를 빼앗긴 불쌍한 저를 위로해 주려고 여기로 불러온 게……."

"저기, 지금 네가 입고 있는 교복 말이야. 누가 준비했을 것 같아?"

"언니 교복을 마음대로 가져온 거 아니에요?"

"말이 너무 심하네. 스즈카가 준비해 준 거야. 애초에 나는 스즈카가 말을 꺼내기 전에는 이렇게 너를 에스코트할 마음이 없었어."

토우카한테는 미안하지만, '문화제에 놀러 올래?'라는 말은 할 수 있어도 '같이 구경하러 다니지 않을래?'라고 말할 생각은 전혀 없었다.

"저, 그 이유는 뭔가요?"

"너는 여동생 같은 존재이지만, 스즈카 말고 딴 여자와 데이트를 하는 것은 좀⋯⋯."

"아하하하! 어휴, 징그러울 정도네요."

응? 방금 내가 욕을 먹은 것 같은데?

깔깔 웃고 있는 토우카가 은근슬쩍 '징그럽다'고 말하지 않았나?

"⋯⋯뭐, 아무튼. 우리 둘이 데이트를 하더라도 스즈카가 질투해서 화를 내지는 않을 테니까, 안심해도 돼."

♡ ♡ ♡

토우카와 함께 귀신의 집에서 나왔다.

내 옆에는 바들바들 떨면서 내 팔에 달라붙어 있는 토우카가 있었다.

아무리 기가 세도 귀신은 무서워하는 것이 귀여웠다.

"자, 내친김에 다른 귀신의 집에도 가볼까?"

"아뇨, 더는 안 갈래요!"

"아하하하. 응, 알았어, 알았어."

귀신의 집에서 잘 놀고 나온 우리는 들뜬 분위기의 교내를 걷기 시작했다.

그렇게 걸은 지 1, 2분쯤 지났을까. 토우카가 갑자기 멈춰 섰다.

"아, 유우키 오빠. 여기 들어가 보지 않을래요?"

"자전거 동아리?"

토우카가 관심을 가진 대상은 자전거 동아리의 전시회였다.

아마도 자전거 여행을 하면서 찍은 사진을 전시해 놓은 것 같았다.

"사진만 있는 게 아니라 로드 바이크 실물도 만져 볼 수 있나 봐요."

"오~ 로드 바이크에 관심 있어?"

"아뇨, 나는 없는데요."

토우카는 진심으로 관심 없는 것처럼 말했다.

"그럼 왜?"

"얼마 전에 오빠가 로드 바이크 만화를 읽고 있었잖아요?"

"아니, 그냥 읽었을 뿐이지. 그걸 갖고 싶은 건⋯⋯."

"유우키 오빠는 취미가 없어서 고민하고 있죠?"

"응, 그건 맞아."

"그럼 한번 만져 봐요. 어쩌면 몰두할 수 있는 취미가 될지도 모르잖아요?"

현재의 생활은 충분히 즐거웠다.

그래도 굳이 아쉬운 점을 꼽자면, 나한테는 하고 싶은 일이 없다는 것이리라.

만화를 좋아해서 만화가가 되겠다는 목표를 내걸고 있는 스즈카. 나는 그게 부러웠다.

그래서 나도 뭔가 푹 빠질 수 있는 대상을 찾는 중이었다.

그래. 토우카의 말이 맞아.

"응, 그러게."

스즈카와 같이 노는 것 외에도 번듯한 삶의 보람을 찾고 싶다.

그러니까 뭐든지 우선 관심을 가지고 접해보자.

나는 진짜 로드 바이크를 직접 만져 봤다.

그러자 놀란 나머지 소리가 튀어나왔다.

"우와?"

일반 자전거와는 전혀 달랐다.

로드 바이크는 한 손으로 들 수 있을 정도로 가벼웠다.

지금 내가 만지는 것은 크로몰리라는 재료로 만들어진 자전거.

알루미늄, 티타늄, 카본으로 만든 로드 바이크는 이보다 더 가볍다고 한다.

"안장에 앉아 볼래?"

자전거 동호회 학생이 말했다.

사양하지 않고 나는 로드 바이크에 탑승해 봤다.

그리고 생각보다 더 일반 자전거와는 탑승감이 달라서 또 한 번 놀랐다.

"직접 체험해 보기 전에는 알 수 없는 것도 있답니다. 그렇죠?"

옆에서 나를 지켜보고 있던 토우카가 나를 향해 생긋 웃었다.

"응, 맞아."

체험해보기 전에는 알 수 없는 것도 있다.

나는 그것을 피부로 느꼈다.

아무튼 결론을 말하자면. 실물을 접해보니 로드 바이크에 관심이 생겼다······.

♡ ♡ ♡

나는 토우카와 함께 문화제를 구경하고 다녔다.

좋아, 슬슬 시간이 다 됐군.

실은 스즈카한테 부탁을 받았다. '내가 접객을 하는 타이밍에 토우카를 중화풍 찻집으로 꼭 데려와 줘'라고.

나는 그 부탁대로 중화풍 찻집에 가기로 했다.

"아, 토우카. 넌 이리 와! 유우키, 넌 내가 없는 동안에 가게를 좀 봐줘!"

중국옷을 입은 스즈카는 토우카를 발견하자마자 납치해 갔다.

내가 스즈카 대신 가게에서 일한 지 몇 분쯤 지났을 때.

"자, 잠깐만요. 왠지 저 혼자만, 다른 사람들이랑 다른 것 같은데요?"

옆트임이 길게 들어가고 가슴팍에는 살짝 구멍이 뚫려 있는 하얀색 치파오를 입은 토우카가 스즈카한테 끌려와서 모습을 드러냈다.

"우후후. 그야 뭐, 너는 우리 학교 학생이 아니니까. 문화제 기준을 무시한 좀 야한 옷을 입어도 괜찮거든. 자, 그럼 토우카. 모처럼 왔으니까 좀 도와줘."

"뭐를요?"

"우리 3학년 2반이 하고 있는 중화풍 찻집 일을! 너는 방송통신 고등학교 학생이니까 앞으로 한 번도 문화제를 준비해 볼 기회가 없잖아? 그래서 착한 내가 너한테 일을 시켜 주기로 한 거야."

"아니, 그러면 남들한테 폐가……."

"걱정하지 말라니까. 이 시간대에 일하는 애들한테는 '내 여동생, 여기서 일하게 해도 돼?' 하고 미리 물어서 허가를 다 받았어."

"아니, 음식을 제공하고 있잖아요. 검사도 안 받은 제가 여기서 일하면 문제가……."

"아니야. 그 점은 괜찮다고 우리 담임선생님인 야마 짱한테 물어봐서 확인했어. 조리실에서 조리를 하는 애들은 검사가 필요하지만, 다른 곳에서 일하는 애들은 굳이 검사할 필요는 없대."

역시 내 아내야. 빈틈이 없구나.

"네, 네. 알았어요. 일하면 되잖아요! 네!"

스즈카가 밀어붙이자 토우카도 결국 넘어가서 마지못해 중화풍 찻집 일을 돕기 시작했다.

나는 조금 멀리서 그 광경을 지켜보고 있었다.

다소 허둥거리면서도 문화제 주최 측의 입장에서 상황을 즐기기 시작하는 토우카.

"어서 오세요! 몇 분이세요?"

접객을 할 때 이따금 보여주는 토우카의 웃는 얼굴. 그것은 평소보다 더 밝게 빛나는 것처럼 보였다.

나와 스즈카는 더없이 행복했다. 그런데 어린 시절에는 자주 나와 스즈카를 졸졸 따라다니던 토우카는 불행해졌다.

그런 것은 용서할 수 없고, 그냥 못 본 척할 수도 없다. 당연히.

오늘은 그런 토우카를 위로해주는 날이 되었으면 좋겠다.

"저기, 유우키~. 구경만 하지 말고 도와줘!"

스즈카한테 도와 달라고 잔소리를 들었다.

"아, 알았어. 알았다고."

어린 시절부터 쭉 사이좋게 지냈던 소꿉친구 3인조는 이렇게 문화제를 즐기게 되었다.

♡ ♡ ♡

별일 없이 30분이 지났다.

그때 토우카가 우리 학교 학생이 아니란 사실을 눈치챈 선생님이 말을 걸었다.

"이봐, 그 옷은 노출이 좀 심한데. 그러면 안 되잖아?"

앗, 그게 아니었다. 선생님은 치파오의 노출이 심하다고 주의를 주는 것이었다.

"······앗."

어쩔 줄 모르는 토우카.

그것을 눈치챈 스즈카가 즉시 끼어들어 해명했다.

"이 애는 점원이 아니에요. 그리고 우리 학교 학생도 아니고요."

"으, 응?"

말뜻을 잘 이해하지 못하는 선생님.

"이 애는 개인적인 취미로 이런 옷을 입었고, 우리 가게에서 일하고 있지도 않아요."

"그, 그래?"

"맞지, 토우카?"

"저, 저기, 네. 맞습니다. 이 옷은 저의 개인 취향이에요. 그리고 여기에는 놀러 왔을 뿐입니다. 점원은 아니에요."

"그래? 그렇다면 괜찮긴 한데. 이 가게의 점원이라고 착각당하지 않도록 신경을 써줬으면 좋겠다. 노출이 심한 옷을 입은 점원이 일하는 가게라고 인식되면, 이 학교의 풍기

가 문란하다고 학부모가 착각할 수도 있으니까. 그건 곤란
하거든."

토우카를 주목했던 선생님은 그런 말을 남기고 떠나갔다.

토우카의 치파오는 노출이 심한 편이었다.

학교 측도 풍기가 문란하다는 인상을 주고 싶진 않을 테
니까. 선생님의 말씀이 옳았다.

"아하하하. 어휴, 위험했어. 토우카는 옷을 이대로 입고
있으면 안 되겠네. 우리가 입는 옷으로 갈아입자."

스즈카의 제안에 토우카는 만족스럽게 대답했다.

"아뇨, 괜찮아요. 이미 충분히 즐겼으니까요."

"응. 그래? 좋아. 다행이다."

"저, 저기⋯⋯."

스즈카 앞에서 토우카는 살짝 눈을 내리깔고 입술을 오물
거렸다. 할 말이 있는 듯했다.

"응. 왜?"

"어, 언니. 오늘은, 고마웠어요⋯⋯."

"동생을 위해서라면 이 정도는 얼마든지 할 수 있어. 오히
려 내가 미안해. 이 정도밖에 못 해줘서."

"아뇨, 전혀⋯⋯ 그렇지 않아요. 오늘 정말 즐거웠어요."

스즈카와 토우카. 두 사람 사이에는 분명히 단단한 인연
이 있었다.

두 사람이 앞으로도 자매로서 계속 사이좋게 지냈으면 좋
겠다.

"아, 언니. 옷을 갈아입고 싶은데요. 제 원래 옷은 어디에 있나요?"

"그냥 그대로 있어도 되잖아?"

"아뇨, 갈아입고 싶습니다."

"에이, 그러지 말고, 응? 유우키, 얘 데려가도 돼!"

"그래, 알았어."

나는 차이나 드레스를 입은 토우카의 손을 잡아끌었다.

"앗, 유우키 오빠?! 아뇨, 그래도 이대로 가기는 싫어요. 싫다고요!"

원래 귀여운 아이한테는 장난치고 싶어지는 법.

나는 좀 야한 치파오를 입은 토우카의 손을 잡아끌었다.

토우카 Side

언니와 오빠의 집에 온 후로는 하루하루가 즐겁습니다.

그토록 불행해서 삐뚤어져 버렸던 나의 마음은 완전히 긍정적으로 다시 돌아오고 있는 듯합니다. 가끔 힘들 때는 있지만요.

"언니가 너무 다정하고 귀여워서, 에헤헤……."

나는 거실에 있는 큰 소파에 누워 쿠션을 껴안은 채 끙끙거렸습니다.

언니가 다정해진 겁니다.

결혼하고 나서 언니는 딴사람이 되었습니다.

여전히 나에게 신랄한 말을 하지만, 전과는 달리 그 말에서 불쾌하게 공격적인 감정은 느껴지지 않았습니다.

언니는 불행해진 나를 위로해 주려고 많은 걸 해줬습니다.

그래서 유우키 오빠가 우리 언니를 왜 좋아하는지 확실히 알게 되었습니다.

"참 좋은 여자예요. 우리 언니는."

"다녀왔습니다~."

언니가 학교에서 돌아왔습니다.

나는 현관으로 뛰어갔습니다.

"언니, 어서 와요."

"와, 네가 이렇게 환영해 주다니, 별일이 다 있네?"

동생한테 환영받으니까 기분 좋은데? 하고 귀여운 얼굴로 나를 쳐다보는 언니.

"가끔은 그럴 수도 있죠, 뭐. 변덕으로."

지금이라면 나한테 뭐든지 해줄 것 같은 느낌. 다정하고 믿음직한 우리 언니 앞에서 나는 무심코 어떤 의문을 입 밖에 냈습니다.

"언니. 언니는 저한테 어느 정도까지 잘해 줄 수 있어요?"

"으음~. 너는 유우키를 좋아하는 것 같지도 않으니까 사랑의 라이벌도 아니고. 응, 그럼 엄청나게 잘해 줄 수 있어.

그러니까 말해 봐. 자, 내가 뭘 해주면 좋겠어?"

생글생글 웃으며 나에게 말하는 언니.

그래서 얼마나 나한테 잘해줄 수 있는지 한번 확인해 보기로 했습니다.

"저와 같이 목욕하는 것은…… 어때요?"

앗, 실수. 아아, 내가 지금 무슨 헛소리를 한 걸까요?

언니의 커다란 눈이 놀라움으로 한층 더 커졌습니다. 나는 얼른 수습에 나섰습니다.

"노, 농담이에요!"

"어, 정말—? 난 같이 목욕해야지! 하고 생각했는데……."

"네? 괜찮아요?"

"물론이지. 귀여운 동생의 부탁인데. 같이 목욕하는 것쯤은 얼마든지 해줄게! 저기, 그런데 왜 나와 같이 목욕하고 싶어 하는 거야?"

왜, 왜? 하고 흥미진진하게 물어보는 언니.

네, 그렇습니다. 순수하게 언니한테 어리광만 부리고 싶은 게 아니라, 같이 목욕을 하고 싶다고 말한 목적은 분명히 있었습니다.

"언니의 매끈매끈한 머리카락이 부러워서……. 어떻게 손질하는지 궁금해서요."

"응, 그럼 가르쳐 줄게."

한없이 다정한 우리 언니.

아마도 내 부탁은 뭐든지 들어주는 것 같았습니다.

이날 나의 이성은 붕괴됐습니다.

♡ ♡ ♡

"맛 좀 봐주실래요?"

"응, 어디 보자."

부엌에서 토우카와 스즈카가 즐겁게 이야기하고 있었다.

저 두 사람은 이제는 굉장히 친해졌다.

같이 목욕을 하기도 하고, 같이 화장을 해보거나 헤어스타일을 바꿔보기도 하고, 같이 게임도 하고. 까르르하면서 즐겁게 지내는 시간이 늘었다.

스즈카가 철저히 토우카를 예뻐한 결과──.

토우카는 언니를 사랑하는 여동생으로 변모한 것이다.

"언니, 맛은 어때요?"

"이건 레스토랑에 내놔도 될 정도야."

"후후, 고맙습니다. 그리고 보니 TV에서 맛있어 보이는 케이크 뷔페 특집 방송을 하던데요. 그래서 한번 가보고 싶은데~."

"응, 그럼 갈까?"

"에헤헤. 네, 고마워요."

무척 즐거워 보이는 두 사람.

좀 소외되어 있던 나도 그 대화에 끼어들려고 다가갔다.

"무제한이야? 그럼 나도……."

"친자매끼리 같이 노는데 방해하지 말아 주실래요?"

"윽…….."

스즈카한테 그토록 쌀쌀맞게 굴었던 토우카가 이제는 언니 껌딱지가 되었다.

그리고 나는 토우카한테 미움을 받게 되었다.

"저기, 아직도 화가 안 풀렸어?"

"네, 지금도 부끄러워서 얼굴이 화끈거린다고요…….!"

나는 좀 과격한 치파오를 입은 토우카를 여기저기 데리고 다녔다.

그런데 그게 큰 문제였던 모양이다.

아직 화가 풀리지 않았는지, 나에 대한 토우카의 은근한 괴롭힘은 오늘도 계속되고 있었다.

"언니, 오늘도 같이 목욕하고 싶어요."

"뭐―? 오늘은 유우키랑 같이 하고 싶은데……."

토우카는 나와 스즈카가 같이 노는 것도 방해하기 시작했다.

"저기, 스즈카는 내 아내거든?"

"아니, 그 전부터 우리 언니였거든요?"

크으윽 하고 서로 째려보면서 으르렁거렸다.

나와 스즈카가 단둘이 사이좋게 지내는 시간.

토우카가 여기 왔어도 그 시간은 위협받지 않을 거라고 믿었다.

하지만 그게 너무 안일한 생각이었나 보다.

왜냐하면 내 아내는――.

"언니♡ 머리 쓰다듬어 주세요."

"너도 참 어리광쟁이구나~. 옳지, 착하다."

누구나 금방 반해 버릴 만큼 최고로 멋진 여자이니까.

그래, 친동생도 예외는 아닐 정도로.

겨우 한 달 만에 스즈카는 토우카까지 공략한 것이다.

뜻밖의 형태로 나와 스즈카의 알콩달콩 행복한 시간을 방해하기 시작한 토우카. 나는 그저 그녀를 째려볼 뿐이었다.

제8화 변하기 시작한 남자

"스즈카 주변에 있는 남자들을 제거할 방법이 있을까?"

나는 토우카에게 진지하게 의견을 구했다. 그런데 상대는 '대체 무슨 소리를 하는 거야?'라는 반응이었다.

관심 없어 보이는 토우카는 내 말을 완전히 무시하고 또다시 휴대폰을 만지기 시작했다.

와, 너무해. 무슨 처제가 이렇게 못됐어?

"저기, 어떻게 하면 스즈카한테 남자가 접근하지 않게 될 거라고 생각해?"

"……글쎄요, 저한테 물어보셔도 모르겠는데요."

"스즈카는 여자인 너까지도 그렇게 쉽게 공략해 버렸잖아? 내가 어떻게 불안해하지 않을 수 있겠어?"

"듣고 보니 그건 그러네요. 전 지금은 우리 언니를 진짜로 사랑하니까요."

"그래. 만약에 이상한 놈이 제멋대로 사랑에 빠지고 제멋대로 폭주해서 스즈카한테 무슨 짓이라도 한다면, 그건 최악이잖아?"

"일리가 있군요. 귀여운 우리 언니가 상처받는 건 싫어요."

"……응, 그래서 무슨 아이디어 없어? 스즈카의 자유를 제한하지 않으면서 주변의 남자들을 배제할 방법 없을까?"

"그런 건 없다고 생각합니다."

"그렇지……?"

답은 없다. 그래서 푸념이나 할 겸 이렇게 토우카에게 물어본 것이다.

아까부터 계속 휴대폰에만 집중하고 있는 토우카. 뭘 보는 걸까? 하고 무의식중에 슬쩍 들여다봤더니.

"오—, 뭐야. 자전거 사고 싶어?"

"아, 네. 마트에 장 보러 갈 때 있으면 좋겠다~ 싶어서."

"그럼 사줄까?"

"네, 사주세요! 실은 제 용돈으로 사려고, 가능한 한 싸면서도 좋아 보이는 것을 찾고 있었거든요!"

"그래, 알아어. 그런데 집안일을 대신 해주는 걸로 우리가 급료로 5만 엔을 주고 있잖아? 그건 어디다 쓰는데?"

나는 토우카에게 주고 있는 돈이 어디로 사라지고 있는지 궁금해졌다.

"옷도 사고, 꾸미는 데에도 투자하고요. 나머지는 저금하고 있어요. 만화와 애니메이션과 음악도 즐기고 있지만, 그런 쪽은 대부분 언니한테 이야기하면 '그거 내가 가지고 있는데?' 하고 빌려주거든요."

"저금을 한다고? 견실하네."

"아뇨, 뭐. 그 정도는 아니에요."

토우카 Side

나와 유우키 오빠는 자전거 판매점에 왔습니다.

네, 그렇습니다. 마트에 다닐 때 편리한 장바구니 자전거를 사러 온 겁니다.

참고로 언니는 친구와 같이 공부하기로 약속해서 오늘 여기에는 없습니다.

휴……. 유우키 오빠가 아니라 언니랑 같이 쇼핑을 하러 오고 싶었는데 말이죠.

"어? 유우키 오빠. 그쪽은 장바구니 자전거 코너가 아닌데요?"

"슬슬 깁스를 풀 때도 됐으니까 운동을 좀 해야겠다 싶어서. 이왕 운동할 거면, 즐겁게 하는 게 좋잖아?"

유우키 오빠의 시선을 빼앗은 것은 장바구니 자전거가 아니라 로드 바이크였습니다.

아마도 문화제에서의 경험이 효과가 있었나 봅니다.

딱히 갖고 싶은 것은 아닌데……라고 하면서 전에는 의욕 없는 태도를 보였는데, 지금은 갖고 싶은 것처럼 바라보고 있었습니다.

"이, 있잖아. 이거는 어때? 사면 안 될까?"

"뭔데요?"

유우키 오빠가 조심스럽게 나한테 보여준 자전거. 그 가격은 무려 30만 엔!

가벼운 재료인 카본으로 만들어져서 이렇게 비싼 것 같았습니다.

"사도…… 될 것 같은데요."

"그렇지?"

"네. 다만, 어. 아니, 아무것도 아니에요."

아마도 내 착각이겠지요. 유우키 오빠는 우리 언니와는 달리 이성적인 사람이니까요.

그렇게 생각한 지 사흘 후.

"와, 이렇게 가벼운데 정말로 이걸 타고 달릴 수 있을까?"

카본으로 된 가벼운 로드 바이크를 즐겁게 만지작거리고 있는 유우키 오빠.

오른팔이 아직 낫지도 않았는데 30만 엔이나 되는 자전거를 덜컥 사버린 것이었습니다.

사도 될 것 같은데요? 하고 말하긴 했지만, 설마 오른팔이 낫기도 전에 살 줄은 몰랐습니다. 보통은 다 나은 후에 사지 않나요?

"축하해요."

하지만 오빠가 오랜만에 뭔가에 관심을 가지고 반짝반짝 눈을 빛내고 있으니, 뭐라고 한마디 하고 싶어도 할 수가 없었습니다.

"응, 고마워. 이게 있으니까 점점 더 기대된다. 내 오른팔이 낫는 게."

또 그로부터 사흘 후.

로드 바이크에 대한 유우키 오빠의 정열은 한층 더 커졌습니다.

"사이클 복을 갑자기 세 벌이나 샀어요? 너무 많이 산 거 아네요?"

유우키 오빠는 로드 바이크를 탈 때 입을 옷을 구입.

그것도 꽤 비싼 옷을 세 벌이나 구입했습니다.

이 시점에서 나는 확신했습니다.

예언할게요. 사흘 후에는 유우키 오빠는 다른 자전거 용품을 살 겁니다.

그렇게 생각했는데 내 예언은 빗나갔습니다.

사흘 후가 아니라 이틀 후였습니다.

"급수용 페트병 세 개, 사이클 복에 어울리는 배낭. 그리고 로드 바이크용 휠......"

휠. 네, 간단히 말해 타이어입니다.

이번에 구입한 것은 딥림 휠? 맞나? 뭐 그런 거라고 합니다. 빠르다고 하네요.

나는 그 가격을 보고 경악했습니다.

그래서 나는 유우키 오빠에게 충고를 해주기로 했습니다.

"유우키 오빠. 쇼핑은 좀 더 신중하게 하는 게 좋지 않을까요?"

"응? 아, 아냐. 이 정도는 별것도 아니잖아?"

유우키 오빠는 이해를 못 하는 표정이었습니다.

그것을 본 나는 깨달았습니다.

"돈이란 무섭네요."

거액의 돈은 너무나 쉽게 사람을 망가뜨립니다.

나는 로드 바이크가 떡하니 있는 차고 안에서, 유우키 오빠를 바닥에 꿇어앉혀 놓고 설교를 시작했습니다.

♡ ♡ ♡

"자, 반성했어요?"

"응."

토우카한테 설교를 당했다.

돈을 물 쓰듯이 펑펑 쓰고 있다. 좀 더 생각을 하고서 돈을 써라, 그런 내용이었다.

내가 생각도 없이 쇼핑을 너무 많이 했다는 것이다.

여름방학 때 내가 스즈카한테 설교했던 것과 완전히 똑같은 내용이었다.

"어휴……. 뭐, 내가 그랬으면 대참사가 발생했겠지만 유우키 오빠의 입장에서는 그래도 소비액은 적은 편이니까요. 심하게 걱정할 필요는 없을 테지만요."

아, 이것도 기시감이 느껴지는 발언이다…….

"하지만 오른팔이 아직 낫지도 않았다는 건 무시하고, 자전거와 온갖 용품들을 사들인 것은 확실히 도가 지나쳤지."

"네, 그걸 알았으면 됐어요."

"정말 죄송합니다. 잘못했어요."

"네. 그런데 왜 그렇게 갑자기 돈 씀씀이가 헤퍼진 거예요? 비싼 물건을 쉽게 사게 된 이유가 뭔데요?"

"오랜만에 '해보고 싶어!'란 마음이 강하게 드는 일을 만나서 그런 것 같아."

나는 스즈카와는 달리 돈을 낭비하지 않고 이성적으로 자제할 수 있다고 생각했다.

하지만 실제로는 전혀 그렇지 않은 모양이다.

단지 '이것에 돈을 쓰고 싶어!'라고 생각할 만한 대상이 없었던 것뿐이다.

돈을 쓰고 싶다는 생각이 강하게 드는 대상을 발견하면, 결국 나도 스즈카처럼……

참지 못하는 것이다.

"나 참……. 기가 막히네요. 자, 이제 언니를 부를까요?"

토우카는 로드 바이크가 놓여 있는 차고로 스즈카를 불렀다.

그렇다. 우리 집은 6LDK+S이고 정원까지 딸려 있는 단독주택인데, 실은 덤으로 훌륭한 차고도 있었다.

"응, 무슨 일이야?"

"언니. 축구 바보인 유우키 오빠가 이제는 새로운 취미를 발견한 것 같아요."

"어, 뭐야, 뭐야? 어휴, 뭔데~? 나한테는 취미가 없다, 하고 싶은 일이 없다 그렇게 말하면서 불안한 척하더니~."

내 변화를 기쁘게 받아들여 주는 스즈카.

응, 고마워. 네 덕분에 최근에는 다양한 것들에 관심을 가지게 되었어.

속으로 감사 인사를 했는데, 나중에 말로도 꼭 고맙다는 인사를 해야겠다.

"네, 그래서 새롭게 발견한 취미가 바로 이거래요."

토우카는 로드 바이크를 스즈카 앞에 턱하고 내려놨다.

그렇다. 나의 애마는 여자도 가볍게 들어 옮길 수 있을 정도로 가벼웠다.

"와ㅡ, 샀구나? 얼마였어? 한 3만 엔?"

"유우키 오빠. 정답을 알려주세요."

"3, 30만 엔입니다."

"아직 한 번도 안 탔는데, 이 휠도 샀다고 합니다."

"유우키. 가격은?"

"2, 20만 엔입니다……."

"흐ㅡㅡㅡㅡㅡㅡㅡㅡㅡ음. 그래, 그렇구나♪"

스즈카는 웃고 있었다. 그런데 눈동자 속에서 뭔가 시커먼 것이 흘러넘치는 게 보였다.

나는 민망함을 느껴 싱긋 웃어 봤지만 효과는 없었다.

언 발에 오줌 누기? 아니다. 오히려 불난 집에 기름을 붓는 행위였나 보다.

"저기, 있잖아. 쇼핑을 할 때에는 좀 더 잘 생각해 보라고, 전에 나한테 말하지 않았어?"

"해, 했습니다."

"아직 한 번도 안 타본 30만 엔짜리 자전거를 위해서 20만 엔짜리 물건을 추가로 샀구나. 흠, 이 20만 엔짜리 물건은 정말로 필요한 것이었을까?"

"펴, 평탄한 길에서 빨리 달리려면……."

"그래그래. 응, 그거 재미있겠다. 그런데 빨리 달린다고 말은 해도, 로드 바이크를 길에서 타본 적은?"

"……없습니다."

"응, 팔이 이러니까. 그렇지?"

스즈카는 내 깁스를 콕콕 찔렀다.

"잘못했습니다."

"그래, 사과할 줄 아는 것은 훌륭해. 하지만 말이지. 이건 나도 화낼 수밖에 없어. 왜냐하면 나한테는 엄하게 굴고서 자기한테는 관대하다니, 그런 건 용서할 수 없으니까. 안 그래~? 토우카."

"맞아요. 저라면 절대로 용서 못 할 거예요."

크윽, 토우카, 이 녀석. 자기랑은 상관없는 일이라고 아주 신이 났구나…….

자꾸 그러면 집안일을 해주는 대가로 너한테 주는 용돈을 확 줄여 버릴 거야, 알았어?

아, 안 돼. 이러면 안 되지. 내가 잘못한 거잖아. 토우카한테 화풀이하면 안 돼.

"자, 그럼 반성의 뜻을 어떤 식으로 보여줄래?"

"내가 뭘 하면 용서해 줄 거야?"

"존댓말은?"

"제가 어떻게 하면 용서해 주실 건가요?"

존댓말로 나는 스즈카에게 용서를 구했다.

"유우키. 문화제에서 너는 치파오를 안 입었잖아?"

그렇다. 나는 오른팔의 깁스 때문에 실은 자연스럽게 코스프레에서 빠졌었다.

아, 알았다. 그래서 나더러 정식으로 그걸 입어 달라는 건가.

좋아. 그 정도면 큰일은 아닌 것 같았다.

"다리털을 밀고 팔뚝의 털도 밀고, 화장도 해야 해."

"······그렇게까지 하는 것은, 좀."

"응? 방금 무슨 말 했어?"

스즈카답지 않게 낮은 소리가 튀어나왔다.

너무 무서워서 나는 반사적으로 등을 쭉 폈다.

"아뇨, 아무 말도 안 했습니다!"

"좋아. 그럼 용서해 줄게. 다행이지? 내가 이렇게 착해서."

"네, 감사합니다."

다, 다행이다.

내가 그렇게 안도하는 순간을 노린 것처럼 스즈카는 이어서 말했다.

"그래도 어머님한테는 말씀드릴 거야."

"잘못했어요. 진짜 잘못했습니다. 우리 어머니는 '그냥 장바구니 자전거면 충분하잖아? 무슨 자전거에 그런 큰돈을 투자해……?' 하고 로드 바이크 자체를 이해하지 못하는 타입이니까, 들켰다가는 엄청나게 혼날 거예요! 그러니 제발 그러지 마세요!"

꾸벅꾸벅 스즈카한테 고개를 숙이면서 사과했다.

그러나 이번만은 정말로 화가 났는지 스즈카도 용서해 주지 않았다.

"안 돼, 알았어? 유우키. 너도 내가 자제력을 잃어버릴 것 같은 상황에서 우리 엄마한테 연락했잖아?"

"……네."

"응. 그러니까 포기해."

스즈카는 자비도 없이 우리 어머니에게 전화를 걸었다.

그리하여 내가 자전거에 큰돈을 쏟아부었다는 사실을 알게 된 어머니는 나에게 사형 선고를 내렸다.

스즈카가 보는 데서 혼내고 싶진 않으니까 너 혼자 집으로 돌아오라는 것이었다.

집에 돌아갔더니, 기다리고 있던 어머니가 나를 쥐 잡듯이 마구 혼내셨다.

이렇게 나는 한층 더 성장하게 되었다……는 생각도 들었다.

제9화 노 팬티, 노 브라?!

어느 날 밤.

토우카와 이야기하고 싶은 것이 있어서 나는 토우카의 방에 찾아갔다.

"나 들어간다~."

그렇게 말하고 방문을 열었더니, 그곳에는······.

팬티와 브래지어까지 다 벗은 채 섹시한 치파오를 손에 들고 있는 토우카가 있었다.

"유, 유우키 오빠?! 보, 보지 말아요!"

"미, 미안!"

나는 쾅 하고 힘차게 문을 닫았다.

그러자 방 안에서 토우카의 떨리는 목소리가 들려왔다.

『유, 유우키 오빠, 변태예요?!』

"아니, 그게, 설마 네가 옷을 갈아입고 있을 줄은, 몰랐어서······."

『으흑······. 제가 왜, 유우키 오빠한테 알몸을 보여줘야 하는데요······?』

"중요한 부분은 안 보였으니까 걱정하지 마. 하지만 어, 저기, 정말 미안해."

『아뇨, 괜찮아요. 사고였으니까······.』

토우카의 목소리는 납득하지는 못한 것 같았지만, 일단 나를 용서해주는 듯했다.

문 너머로 나는 토우카와 이야기를 계속했다.

"그런데 왜 치파오로 갈아입으려고 하는 거야?"

『오늘 저녁에는 중화요리를 할 거라고 언니한테 말했더니, '치파오를 입고 음식을 서빙해 주면 용돈 줄게!'라고 해서. 거절할 수 없었어요…….』

"아니, 그래도 팬티와 브래지어까지 다 벗고서 치파오를 입을 필요는 없잖아?"

『둘 다 벗지 않으면 보이거든요. 옆트임 사이로는 팬티가 보이고, 가슴팍의 구멍을 통해서는 브래지어가 보이고.』

옷을 예쁘게 입기 위해서 팬티와 브래지어를 벗은 건가.

"앗……."

문득 문화제 날이 생각났다.

그때 나는 치파오를 입은 토우카를 그대로 끌고 나가서 교내를 돌아다녔다.

좀 과격한 의상이었고. 토우카가 쭉 부끄러워하면서 걸었던 것이 지금도 기억난다.

치파오를 입은 토우카는 이따금 몸을 꼬물거리거나 옷자락을 필사적으로 밑으로 끌어내리려고 했고 또 '으응……' 하고 좀 섹시한 한숨을 내쉬기도 했다.

우리 학교 학생이 아니라는 이유로, 스즈카가 시키는 대로 3학년 2반 학생들보다도 훨씬 더 과격한 치파오를 입게 된 토우카.

분명히 옆트임도 깊게 파여 있었고, 가슴팍도 드러나 있었는데…….

팬티와 브래지어는 안 보였다.

"저기, 토우카. 혹시 원하는 게 있으면 말해 줄래?"

『가, 갑자기 왜 그래요?』

"아, 아니, 음. 그냥 변덕이야. 신경 쓰지는 마."

『글쎄요, 그런 말씀을 하셔도…….』

내 태도가 달라지자 의심하는 듯한 목소리로 대꾸하는 토우카.

그러다가 곧 내가 문화제 날의 진실을 눈치챘다는 것을, 토우카도 눈치챈 것 같았다.

『……네, 맞아요. 치파오를 입은 채 유우키 오빠한테 끌려다닐 때에도 오늘처럼 노 팬티, 노 브라였어요!』

그럼 미움을 받는 것도 당연했다.

그냥 치파오 차림으로 교내에서 끌고 다녔을 뿐인데 이렇게까지 나를 미워할 필요가 있나? 하고 의아해했는데, 알고 보니 그럴 만한 이유가 있었던 것이다.

"저기, 그런데 아무리 옷을 예쁘게 입기 위해서라지만, 보통 속옷까지는 안 벗지 않아?"

『네, 보통은 안 벗죠. 애초에 저는 언니한테 다른 치파오

로 바꿔 달라고 말할 생각이었어요.』

"그런데 왜 말을 안 했어?"

『일단 시험 삼아서 팬티와 브래지어를 벗고 입어 보면 어떨까~ 하고 시도해 봤는데, 하필 그때 언니가 나를 데리러 왔거든요.』

토우카의 퉁명스런 목소리를 듣고 나는 쓴웃음을 짓고 말았다.

그래, 대충 알 것 같았다.

"그리고 그대로 스즈카한테 붙잡혀서 가게까지 끌려온 거구나?"

『네, 그랬던 거예요…….』

"아니, 그런데 왜 오늘도 팬티와 브래지어를 벗고 치파오를 입으려고 한 거야?"

『오늘도 브래지어와 팬티를 벗고 치파오를 입지 않으면, 문화제 때 제가 노 팬티에 노 브라였다는 사실이 들통나잖아요.』

"아―, 하긴, 그러네."

『으흑……. 제가 왜 이런 꼴을 당해야 하는 거죠……?』

문에 가로막혀 있어도 토우카가 부끄러워하는 것은 확실히 느껴졌다.

그때 등 뒤에서 인기척이 났다. 나는 뒤를 돌아봤다.

"어? 유우키. 토우카의 방 앞에서 뭐 해?"

"문을 열었다가 안에서 치파오로 갈아입고 있던 토우카랑 딱 마주쳐서……."

"그래서 흥분해서 얼굴이 새빨개진 거야?"

"어, 그래. 토우카가 홀딱 벗은 채로 옷을 갈아입고 있었거든."

중요한 부분은 가려져서 안 보였지만, 분명히 알몸이 된 토우카를 보고 말았다.

토우카처럼 예쁜 여자애의 알몸을 봤으니 남자로서 반응할 수밖에 없었다.

"홀딱 벗었다고? 왜?"

"치파오 밖으로 브래지어랑 팬티가 튀어나와서래."

『앗, 유, 유우키 오빠?! 언니한테 말하지 마세요!』

"응? 저기, 그 문화제 때 같이 준 가방 속에 들어 있지 않았어?"

스즈카는 어리둥절한 표정을 짓더니, 문 너머에 있는 토우카에게 질문을 던졌다.

『치파오가 들어 있던 가방 말인가요?』

"응, 그거. 치파오를 예쁘게 입기 위한 속옷도 세트로 넣어줬을 텐데……."

스즈카의 발언. 그리고 몇 초 후.

토우카가 문을 살짝 열고 빨개진 얼굴을 쏙 내밀었다.

"차, 찾았어요."

스즈카는 빈틈없는 사람이다. 속옷이 보이는 문제를 해결할 수단도 미리 준비해 둔 것이다.

아마도 토우카는 노 팬티, 노 브라가 될 필요는 없었던 모양이다.

스즈카는 가볍게 웃으면서 토우카를 위로하듯이 한마디 했다.

"좋은 경험이 되었네, 그렇지?"

"전 이런 경험은 별로 하고 싶지 않았어요……."

토우카는 촉촉해진 눈동자로 우리를 보면서 그렇게 말했다.

♡ ♡ ♡

오늘 저녁 메뉴는 탕수육, 마파두부, 사오마이. 중화요리 3종 세트였다.

왜 이렇게 호화로운가 하면, 토우카가 요리에 취미를 붙였기 때문이다.

우리가 재료비도 지급해 줘서 그런지 토우카가 호화롭게 이것저것 만들어 주는 날이 굉장히 많았다.

게다가 오늘은 또 분위기도 좋았다.

토우카가 하얀색 치파오를 입고 있었기 때문이다.

스즈카는 식사도 잠시 미루고 토우카에게 말을 걸었다.

"흠, 좋아. 역시 치파오를 입은 여자애는 예쁘구나! 토우카, 포즈 좀 취해 줄래?"

"어휴, 하는 수 없죠."

의외로 신나게 포즈를 취해 주는 토우카.

이렇게 순순히 스즈카의 부탁을 들어주는 이유는 분명히 있었다.

스즈카가 꼬박꼬박 토우카에게 포상을 해줬기 때문이다.

"다음에는 본격적인 중국집에 한번 가볼까?"

"어, 진짜로요?! 기대하고 있을게요!"

스즈카는 상대가 뭔가를 해주면 자기도 꼭 뭔가를 해준다.

그러니까 그 부탁은 저절로 들어주고 싶어지는 것이다.

"저기, 토우카. 팬티도 브래지어도 안 보이는데, 지금 어떤 속옷을 입고 있는 거야?"

"티 팬티와 누드 브라입니다."

그거나 알몸이나 거의 비슷한 거 아냐?

그런 의문을 느낀 나는 스즈카에게 물어봤다.

"결과적으로는 거의 알몸이나 마찬가지지 않아?"

"아니야. 물론 섹시하긴 하지만, 그래도 방어력 쪽이 전혀 달라."

"그런데 누드 브라는 뭐야?"

"가슴에 붙이는 타입의 브래지어야. 코스프레를 할 때 어깨끈이 보이면 좀 그렇잖아? 그래서 보이지 않게 하려고 샀던 누드 브라를 토우카한테 준 거야."

"어, 그건 그렇고. 너희 둘은 남자인 내 앞에서 잘도 속옷 이야기를 하는구나? 신기하다."

"나야 뭐, 내 남편 앞이니까."

스즈카는 당당하게 괜찮다고 말했지만, 토우카의 태도는

달랐다.

"……어, 앗, 그, 그러네요."

토우카는 나에게 속옷 이야기를 잔뜩 해버린 것을 후회하는 것처럼 고개를 숙였다.

그 모습을 본 스즈카는 눈을 반짝반짝 빛냈다.

"부끄러워하는 토우카 말이야, 귀엽지 않아?"

"그러게."

평소에는 기가 세서 그런 걸까. 부끄러워하는 모습이 유난히 귀여워 보였다.

"아니, 그렇게 저를 귀여운 애 보듯이 쳐다보지 마세요!"

"으응―? 하지만 귀여운걸."

"어휴, 진짜. 그런데 언니 오빠. 밥은 더 필요 없으세요?"

"필요해!"

"나는 이 정도면 됐어. 반찬만 더 먹을래."

치파오를 입은 토우카의 서빙을 받으면서 나와 스즈카는 저녁을 먹었다.

중화요리를 먹는 도중에 나는 문득 생각했다.

"스즈카, 넌 토우카처럼 섹시한 치파오는 안 입어?"

그러자 스즈카는 그 말을 기다렸습니다! 하는 표정으로 히죽 웃었다. 그리고 내 눈앞에서 사라졌다.

몇 분 후. 토우카보다 더 섹시한 치파오를 입은 스즈카가 나타났다.

"에헤헤. 어때, 야하고 예쁘지?"

스즈카가 입고 있는 치파오는 토우카의 치파오보다도 더 섹시했다.

색은 빨강. 가슴팍에 큰 구멍이 뚫려 있었고, 옆트임이 상당히 깊게 파여 있었다.

문화제에서 입었으면 틀림없이 혼났을 것이다.

"으, 응. 예쁘다."

"저기, 있잖아. 문화제 당일에 남자애들이 했던 그 메이드 카페의 마법 말이야. '맛있어지는 마법'. 그거 해줄까?"

"으, 응……."

"맛있어져라~, 맛있어져라~, 모에모에큥♡"

토우카가 만든 음식에 맛있어지는 마법을 거는 스즈카.

얼굴은 살짝 붉어져 있었다. 좀 부끄러워하는 그 태도가 남자의 마음을 강하게 자극했다.

옆에서 이 모든 것을 지켜보고 있던 토우카가 나를 팔꿈치로 쿡 찔렀다.

"이렇게 남편한테 잘해 주는 아내는 흔치 않아요. 알죠?"

"알아. 정말 스즈카는 최고야."

"네, 아무튼 둘 다 지금은 식사 중이잖아요. 놀지 말고 빨리 식사나 하세요."

치파오를 입은 자매와 함께 나는 중화요리를 마음껏 먹었다.

♡ ♡ ♡

　음식을 깨끗이 다 먹은 후. 스즈카와 나는 거실에서 쉬고 있었다.

　스즈카는 여전히 치파오를 입은 채 나에게 다가왔다.

　"자, 유우키. 퀴즈를 낼게."

　"응?"

　"지금 나는 팬티를 입었을까요?"

　"토우카처럼 팬티 라인이 잘 안 보이는 티 팬티를 입고 있는 거 아냐?"

　"여기는 집이야. 내 몸을 보여주기 싫은 사람은 없는데?"

　"……진짜로 안 입었어?"

　"퀴즈라고 했잖아. 유우키. 넌 어느 쪽이라고 생각해?"

　"입었지? 아, 진짜. 놀리지 마."

　"우후후. 그럼 정답을 확인해 볼까?"

　스즈카는 치파오의 옷자락을 손가락으로 살짝 집어서 휙 젖혔다.

　그렇다. 스즈카는——.

　아무것도 안 입고 있었다.

　"아, 아니, 왜 안 입었어?!"

　"왜냐하면 덮어쓰기를 해야 하니까."

　"덮어쓰기? 뭘?"

"우연한 사고였어도 토우카의 알몸을 봤다면서? 그럼 나도 보여줘야지. 안 그래?"

고의는 아니었지만 토우카의 알몸을 본 나.

이에 대항하듯이 스즈카는 나에게 알몸, 아니, 소중한 부분을 보여줬다.

유우키가 봐도 되는 육체는 나밖에 없어! 그런 식으로 질투하는 스즈카의 귀여운 행동이었다.

"저, 저기, 넌 나한테 이렇게 보여줘도 부끄럽지 않아?"

"부끄럽지……. 하지만 목욕할 때 이미 너한테는 내 알몸을 제대로 보여줬잖아?"

한번 경험한 일은 다음에는 하기 쉬워진다.

뭐든지 계속 연습하고 경험하다 보면 점점 능숙해지고 익숙해지는 것이다.

부끄러워하는 스즈카도 물론 남자로서 좋았지만, 지금처럼 좀 수줍어하면서도 치부를 보여주는 스즈카도 나쁘지 않았다.

아니, 참을 수 없을 만큼 좋았다.

눈앞에 있는 여자를 덮치고 싶어서 미칠 것 같은 나에게, 스즈카는 계속해서 공격을 가했다.

"그럼 두 번째 퀴즈. 아래는 안 입었는데, 위는 어떨 것 같아?"

"아무것도 안 입었다……고 생각해."

"정답이야. 자, 그럼 어쩔래?"

사랑스러운 얼굴로 나를 도발하는 스즈카. 마른침을 꿀꺽 삼키면서 침묵하는 나.

　침묵을 긍정이라고 해석한 스즈카는 옷깃을 풀어헤치기 시작했다.

　치파오 밖으로 흘러나오는 커다란 가슴. 그걸 본 나는 무심코 중얼거렸다.

　"반창고……."

　그렇다. 가슴 끝부분에는 큼직한 반창고가 붙어 있었다.

　"옷에 쓸리면 아프거든."

　"……그, 그렇구나."

　왠지 부끄러워졌다. 가슴을 드러낸 스즈카를 똑바로 보고 있을 수가 없었다.

　그때 스즈카가 수줍어하면서 나에게 터무니없는 말을 던졌다.

　"반창고. 떼, 떼어 볼래?"

　"내, 내가 너를 만지는 게, 무섭지 않아?"

　아마도 지금 나는 굉장히 야한 눈빛으로 스즈카를 보고 있을 것이다.

　스즈카는 내가 그런 눈빛으로 자기를 만지는 것이 무서워서 도망치는 경우가 많았다.

　오늘도 어차피 아슬아슬한 순간에 '그만' 하고 제지당할 거라고 생각했다. 그런데…….

　"에헤헤……."

무섭지 않다는 듯이 스즈카는 쑥스럽게 웃었다.

그리고 반창고를 붙인 가슴을 내 앞으로 내밀면서 조그맣게 나에게 말했다.

"사, 살살 떼어 줄래?"

쿵, 쿵. 피가 빠르게 돌았다.

나는 조심스럽게 스즈카의 가슴에 붙어 있는 반창고로 손을 뻗었다.

남자로서 이런 것을 보고도 그냥 넘어갈 수는 없으니까.

아니, 잠깐만.

"아. 들켰네요?"

목욕을 마치고 나온 토우카가 히죽히죽 웃는 얼굴로 나와 스즈카를 보고 있었다.

그 순간 핏기가 싹 가셨다.

아무리 그래도 우리끼리 불장난하는 모습을 남에게 보여주는 취미는 없었다.

"어, 언제부터 보고 있었어?"

내 질문에 토우카는 시치미를 뚝 떼는 표정을 지었다.

"글쎄요. 언제부터였더라?"

나와 스즈카는 너무 민망해서 토우카 앞에서 허둥지둥 도망쳤다.

제10화 (격렬한) 첫 키스

토우카에게 엄청난 장면을 목격당한 나와 스즈카.

부끄러워서 얼른 도망쳐 들어온 침실에서 우리는 쑥스러워하면서 웃었다.

"우후후. 우리, 대체 뭐 하는 걸까?"

"응, 그러게."

"저기, 유우키. 여기엔 토우카도 없거든?"

스즈카는 꼬물꼬물 움직이면서 나에게 다가왔다.

그러나 나는 퍼뜩 정신을 차렸다.

"아, 잠깐만. 우리는 아직 키스도 안 했잖아……."

아까 그것은 몹시 음란한 짓이었다.

키스도 해본 적이 없는 두 사람이 할 만한 행위는 아니었다.

낭만적인 것을 좋아하는 젊은 처녀 스즈카.

키스보다도 먼저 더 야한 짓을 하는데, 그에 대한 저항감은 없는 걸까?

내가 그렇게 의아해하고 있을 때.

"저, 키스 말인데. 유우키. 너한테 사과할 게 있어……."

스즈카는 왠지 거북한 듯한 표정을 짓고 있었다.

뭘 사과해야 한다는 걸까?

서, 설마, 이 스토리 전개는…….

스즈카는 내가 아닌 딴 사람과 이미 키스를 해버렸다. 그, 그런 걸까?

식은땀이 마구 솟아나는 가운데 스즈카는 자기 뺨을 긁적거리면서 고백했다.

"실은 이미 잠자는 너한테 키스를 해버렸어. 에헤헤."

치명적인 애교를 발산하는 스즈카한테서 충격 발언이 튀어나왔다.

나는 너무 놀라서 말문이 막혔다.

하지만, 으음, 곰곰이 생각하니 전혀 이상할 것은 없었다.

'사과할게, 응?' 하고 미안해하고 있는 내 아내는……

잠자는 나에게 온갖 장난을 칠 정도로 나쁜 여자애였으니까.

"내 순정은 어쩔 거야. 책임져."

역시 내 아내는 변태일지도 모른다.

내가 야한 눈빛으로 자기를 만지는 것은 무섭다면서, 내 손은 열심히 피하는 주제에……

자기는 이것저것 다 하고 있는 것이다.

"이게 다 사랑 때문이야. 네 입술이 매력적이어서 참을 수 없었어. 그러니 어쩔 수 없잖아?"

"야, 너……. 나는 멋진 추억이 될 만한 첫 키스 계획을 열심히 생각하고 있었거든?"

"어, 정말?! 네가 아무런 행동도 안 해서 잊어버렸구나~

하고 생각했는데."

"그건 타이밍을 재느라 그랬던 거지."

"크윽, 네가 잠잘 때 키스했다는 거, 솔직하게 말하지 말걸 그랬나……?"

원통해하는 스즈카를 보고 나는 피식 웃었다.

나 참, 어쩔 수 없다니까.

"다음에 프렌치 레스토랑에 가지 않을래?"

"어, 그건…… 역시, 그런 거야?"

"응. 모처럼 세운 계획을 폐기 처분하고 싶진 않으니까."

"와—! 유우키, 사랑해!"

신이 난 스즈카가 나를 와락 끌어안았다.

그리고 나에게 달콤하게 속삭였다.

"첫 키스의 패턴 B는 아직 안 하고 남겨뒀어."

"패, 패턴 B가 뭔데?"

"그건 당일에 알게 될 테니까 기대해♪"

"응? 아!!!"

나는 뭔가를 깨닫고 반사적으로 큰 소리를 냈다.

"왜, 왜 그래? 갑자기……."

"아니, 부부 사이를 진전시키려면 알몸을 보여주는 것보다도 키스하는 것부터 해야 하지 않나? 하고 생각했거든. 쪽."

"에헤헤……. 응. 실은 이미 키스를 했었으니까."

"어쩐지 뭔가 이상하다 했어……."

스즈카는 나도 모르는 사이에 이미 키스를 했었다.

그래서 나와의 거리를 좁힐 때 키스가 아니라──.

알몸을 보여주거나 가슴을 만지게 해주려고 했던 것이다.

♡ ♡ ♡

오늘은 스즈카와 프렌치 레스토랑에 가는 날.

드레스 코드가 있는 식당이라서 나와 스즈카는 오늘을 위해 구입한 옷으로 갈아입었다.

나는 남색 재킷과 심플한 회색 바지.

스즈카는 우아한 검은색 원피스.

우리는 그렇게 레스토랑에 잘 어울리는 옷을 입고 집에서 출발했다.

"어서 오세요."

식당에 도착하자 자리로 안내되었다.

드레스 코드가 있는 식당에는 처음 와봐서 그런지 마음이 진정되지 않았다.

"기, 긴장되네."

"으, 응."

우리 둘이 그렇게 안절부절못하고 있는데, 금방 웨이트리스가 테이블로 음식을 가져왔다.

"오래 기다리셨습니다. 채소 테린(다양한 재료를 다져서 틀에 넣고

219

굳힌 프랑스 요리)입니다."

우리 앞에 놓인 음식은 무척 예뻐 보였다.

오크라, 토마토, 노란색 파프리카 등, 알록달록한 색감의 채소들을 젤리로 굳힌 것이었다.

"와―. 예쁘다……."

"응. 이렇게 예쁜 음식은 처음 봐."

겉모습을 보고 즐긴 다음에 채소 테린을 입에 넣어봤다.

한 번 씹으니까 채소의 단맛이 입안에 확 퍼졌다.

우와, 이게 뭐야? 지, 진짜로 이게 채소……야?

채소가 이렇게 맛있다고 느낀 것은 처음일지도 모른다.

나는 이 감동을 공유하고 싶어졌다.

평소보다 더 어른스러운 분위기를 풍기고 있는 스즈카에게 말을 걸었다.

"저기, 채소가 원래 이렇게 맛있었나?"

"그러게, 정말 맛있다!"

그때부터 나와 스즈카는 즐거운 시간을 보냈다.

♡ ♡ ♡

프렌치 코스 요리를 만끽한 나와 스즈카는 직원의 배웅을 받으면서 식당을 나왔다.

오늘은 구름도 없어서 반짝반짝한 별빛이 잘 보였다.

나는 스즈카의 손을 잡았다.

"오늘은 적극적이네?"

"뭐, 그렇지. 그런데 집에 가기 전에 잠시 어디 좀 들렀다 갈래?"

"응, 좋아."

내가 스즈카를 데려간 곳은──.

커다란 관람차였다.

한 바퀴 도는 데 15분쯤 걸리는 대형 관람차.

나와 스즈카는 그 관람차에 탔다.

서서히 작아지는 도시의 건물들을 바라보면서 나는 내 옆에 앉아 있는 스즈카에게 말을 걸었다.

"오늘은 어땠어?"

"내내 두근거렸어. 게다가 지금부터 너한테…… 꺅♪"

스즈카는 앞으로 나한테 당할 일을 상상하면서 즐거워하고 있었다.

우리가 타고 있는 관람차의 고도는 점점 높아졌다.

지금 나와 스즈카를 방해하는 사람은 아무도 없었다.

나는 까만 원피스를 입은 스즈카에게 아무 말 없이 가까이 다가갔다.

"으응……."

스즈카는 살짝 한숨을 흘리면서 눈을 감았다.

얼굴이 뜨거워지고 심장이 시끄럽게 쿵쾅거렸다.

관람차가 꼭대기까지 올라간 순간, 나는──.

스즈카에게 키스했다.

부끄러워서 얼굴이 불난 것처럼 뜨거워졌지만, 내 인생에서 최고로 행복한 기분이었다.
영원히 이렇게 있고 싶었다. 하지만 그럴 수는 없었다.
나는 살며시 스즈카에게서 몸을 떼려고 했다. 그런데 그때.
스즈카가 적극적으로 내 입안에 혀를 집어넣었다.
"으응…… 츄웃, 응, 흐, 응…… 으응, 웃……."
스즈카의 혀와 내 혀가 하나로 얽혔다.
질척질척하게 음란한 소리를 내면서 나와 스즈카는 서로 깊이 연결됐다.
이윽고 숨이 막힐 때까지 그 행위는 격렬하게 이어졌다.
"헉……, 헉……. 야, 너, 진짜……."
"에헤헤, 격렬한 키스……. 처, 처음으로, 해봤네?"
스즈카는 뭔가 조르는 듯한 눈빛으로 귀엽게 나를 쳐다봤다.
관람차가 지상에 도착하려면 아직 몇 분은 남았고.

나와 스즈카는 몇 번이나 서로 키스를 했다.

에필로그

사소한 볼일을 본 다음에 나는 스즈카와 같이 사는 집으로 돌아갔다.

평소처럼 현관문을 열고 거실에 들어간 것까지는 다 좋았는데…….

"다녀왔습니다……. 어, 뭐야? 너 괜찮아?"

블라우스와 긴 플레어스커트를 입고 있는, 오늘도 귀여운 내 아내가 바닥에 납작 엎드려 있었다.

이게 무슨 일이지? 하고 나는 그저 당황할 수밖에 없었다.

그러자 스즈카가 나에게 설명을 해줬다.

"그냥 죽은 척하고 있는 거야."

"왜?"

"해보고 싶어져서."

수상하기 짝이 없는 스즈카의 언동.

나는 스즈카가 거실 바닥에 엎드려 있는 이유가 뭔지 잠깐 생각해봤다.

"아, 알았다. 몸 아래에 뭔가 숨기고 있는 거지?"

스즈카의 성격상 왠지 그럴 것 같았다.

그러자 스즈카는 당황했는지 확 높아진 목소리로 나에게 말했다.

"아, 아니거든?"

"내가 갑자기 집에 돌아왔다. 그래서 보여주기 싫은 물건을 어디에 숨길까? 하고 고민하다가, 바닥에 납작 엎드려서 그 밑에 숨기기로 했다. 그런 거잖아?"

"아, 아닌데에?"

"그럼 당장 죽은 척은 그만하고 부활해 봐. 할 수 있지?"

"죽은 사람은 그리 쉽게 부활하지 않아요……."

내 예상이 적중한 걸지도 모른다. 그나저나 숨기려고 하는 게 뭔지 궁금하네.

하지만 스즈카가 싫어할 만한 일은 그다지 하고 싶지 않은데…….

"그렇게 보여주기 싫다면 하는 수 없지. 난 잠깐 밖에 나갔다 올 테니까, 그 틈에 얼른 숨기든지 버리든지 해."

여기서는 너그러운 모습을 보여줘야 한다.

이처럼 내가 다정하게 대해 줬더니, 스즈카의 반응은.

"……보고 싶지 않아?"

바닥에 엎드린 채 뭔가 호소하는 듯한 표정으로 나를 쳐다봤다.

넌 나한테 보여주기 싫은 거니, 보여주고 싶은 거니?

"아니, 나한테 보여주기 싫은 거잖아?"

"아니야. 보여주기 싫다기보다는 어, 좀 부끄러워서 그렇다고 할까, 아직은 마음의 준비가 안 됐다고나 할까. 뭐랄까 그게……."

계속 우물거리면서 도통 결론을 말해주지 않았다.

그런 스즈카를 놔둔 채 나는 주위를 둘러봤다. 스즈카가 뭘 숨기고 있는지 알려줄 만한 힌트가 없을까 하고.

그랬더니 마침 여기서 좀 떨어진 곳에서 단서가 발견됐다. 문제의 물건(?)을 포장했을지도 모르는 포장지였다.

거기에 송장이 붙어 있었으므로 나는 소리 내어 송장의 제품명을 읽었다.

"의류?"

"앗, 잠깐만!"

내가 의류란 말을 꺼냄과 동시에 스즈카가 당황해서 벌떡 일어났다.

그리고 마침내 드러난 비밀.

나는 그것을 뚫어져라 보면서 어색하게 뺨을 긁적거렸다.

"으, 응, 그랬구나."

단추를 다 풀어헤친 블라우스 사이로 대담한 빨간색 승부 속옷이 보였던 것이다.

시험 삼아 입어 보고 있는데 내가 갑자기 집에 돌아오는 바람에, 허둥지둥 다시 갈아입으려고 했지만 시간이 없어서 바닥에 납작 엎드려 버렸나 보다.

"새로 산 승부 속옷이, 내 예상보다 훨씬 더 야해서. 네가 보면 '너무 과하다~' 하고 질색할까 봐 걱정했거든……. 저,

저기, 어때?"

스즈카는 살짝 눈을 내리깔더니 힐끔힐끔 내 얼굴을 귀엽게 쳐다봤다.

나는 새삼스레 스즈카가 입고 있는 속옷으로 시선을 돌렸다.

색은 빨강. 천의 면적은 좁았다. 그리고 속이 훤히 비쳐 보였다.

그냥 야한 정도가 아니라 미친 듯이 야했다.

확실히 어떤 사람들은 질색할지도 모를 정도로 변태 같은 느낌도 들었지만⋯⋯.

나는 불안해하는 스즈카 앞에서 마른침을 꿀꺽 삼키고 대답했다.

"나, 나쁘지 않다고 생각해."

"아아~ 다행이다. '아니, 아무리 그래도 이건 너무 천박하잖아!'란 말을 듣고 싶진 않았거든."

"⋯⋯저기, 그런데, 있잖아. 어, 왜 갑자기 승부 속옷을 산 거야?"

"응? 몰라. 그냥 사고 싶어져서 샀는데?"

어리둥절한 얼굴로 시치미를 떼는 스즈카.

그 시선은 거실에 있는 달력을 향하고 있었다.

어쩐지 ○가 그려져 있는 10월 26일을 보고 있는 것 같았다.

지금으로부터 약 1주일 후인 10월 26일에 ○가 그려져 있는 것은, 중요한 날이기 때문.

상당히 중요한 날이고 잊어버리면 안 되니까 ○를 그려놓은 것이다.

그렇다. 바로 오른팔의 깁스를 푸는 날이다.

내가 다치는 바람에 지금까지 순탄치 않았던 우리의 밤의 관계.

즉, 스즈카는⋯⋯. 다가올 그날을 위해 열심히 준비하고 있는 것이다.

나는 꿀꺽 숨을 들이켰다.

방금 우연히 본, 남자라면 누구나 흥분할 만한 속옷을 몸에 걸친 스즈카. 그것을 상상하니 왠지 지금까지 잘 참았는데도 당장 폭주하고 싶은 기분이 강하게 들었다.

나는 스즈카한테서 슬쩍 시선을 떼면서 이상한 말을 했다.

"그날이 올 때까지는, 절대로 손대지 않을 거야⋯⋯."

"흐─음?"

"뭐, 뭐야? 왜 나를 귀엽다는 표정으로 보는 거야?"

"열심히 참는 유우키가 귀여워서."

계속 그랬다. 나는 지금까지 계속 참았다.

스즈카는 '나를 덮쳐도 되는데?' 하고 나한테 허가를 해줬다.

틀림없이 오른팔의 깁스만 없었으면 지금 당장이라도 나는 스즈카를 덮쳤을 것이다.

안 그래도 나에게는 치명적으로 위험한 광경이 눈앞에 펼쳐져 있는데, 스즈카가 눈을 반짝반짝 빛내면서 하얀 손으로 내 뺨을 어루만졌다.

"그 얼굴, 좀 더 보고 싶어. 어쩌면 지금밖에 못 볼지도 모르니까."

"어, 아, 으응? 서, 설마……."

"좀 더 못된 장난을 치고 싶어졌어."

스즈카는 귀여운 악마처럼 짓궂은 미소를 짓더니, 블라우스를 완전히 열어젖히면서 선정적인 빨간 브래지어로 덮인 커다란 가슴을 나에게 보여줬다.

"나, 나도 기개가 있는 남자야. 그렇다고 너한테 굴복하진 않을 거야……!"

지금까지 애써 참아왔다. 그러니까 나는 끝까지 참을 것이다!!!

내 승리 조건은 단 하나.

1주일 동안 스즈카의 유혹에 안 넘어가고 끝까지 버티는 것이다.

♡ ♡ ♡

저녁식사 후. 나와 스즈카 앞에서 토우카가 불쑥 이런 말을 꺼냈다.

"부모님 댁에 좀 다녀올게요. 1주일 후에 돌아올 겁니다. 그때 돌아오면, 수험생인 유우키 오빠와 언니를 가차 없이 채찍질할 거니까 각오해 두세요."

토우카가 갑자기 부모님 댁에 다녀온다고 했다.

이유는 모르겠다. 다만 신기하게도 토우카의 지갑은 빵빵하게 부풀어 있었다.

우리 집의 감시자는 그 감시자 역할을 팽개치고 신나게 총총히 집에서 나가 버렸다.

"야. 너 토우카 매수했지?"

"에헤헤. 돈만 쥐여 주면 뭐든지 다 되더라고."

우리 집에는 토우카도 있었다. 그래서 토우카가 우리의 행위를 보고 듣거나, 우리를 방해할지도 모른다는 불안감이 늘 있었다.

그걸 생각하면 스즈카의 유혹쯤은 간단히 물리칠 수 있다. 나는 그렇게 생각했었다.

"······한 방 먹었군."

요새는 공부하라는 잔소리만 계속하는 냉혹한 기계처럼 변한 귀찮은 처제 토우카.

그런 존재를 내쫓아 버린 것은, 틀림없이······.

"오랜만에 단둘이 남았네?"

내 이성을 무너뜨리기 위해서일 거다.

토우카한테 방해받을지도 모른다는 불안을 제거함으로써, 내가 자기에게 손댈 확률을 한층 더 높인 것이다.

다 나을 때까지 반드시 참겠다고 다짐한 나와, 낫기 전에 자신을 덮치게 하려는 스즈카.

바보 같은 대결이었지만, 이렇게까지 피 튀기는 싸움도 보기 드물 것이다.

물론 나도 스즈카처럼 비책을 준비해 놓고 있었다.

"최근에 내가 깨달은 것이 있거든? 나는 코스프레를 진지하게 좋아하는 것 같아. 아, 물론 보는 것을. 그러니까 앞으로도 네가 코스프레를 많이 해줬으면 좋겠어."

히죽히죽 징그럽게 웃으면서 나는 스즈카에게 말했다. 스즈카가 불쾌함을 느껴서 '이런 남자와는 야한 짓은 하고 싶지 않아!' 하고 스스로 멀리 물러나게 하려는 작전이었다.

"응, 그건 알고 있었어."

"뭐?"

"아니, 나도 당연히 네가 코스프레를 좋아한다는 것은 알고 있었지. 호텔에서 코스프레를 시켰을 때부터. 설마 지금까지 스스로는 몰랐던 거야?"

"야, 나 놀리지 마."

"이 녀석은 좋아하는 사람한테 코스프레를 시키는 것을 좋아하는구나~ 하고 생각했다니까? 지금까지 쭉."

"그, 그래……?"

무지무지 부끄러웠다.

난 정말로 최근에 자각했는데, 설마 예전부터 코스프레를 좋아했던 걸까?

"아하하하하, 너 바보구나~?"

"우, 웃지 마."

"뭐가~? 웃기니까 웃을 수밖에 없잖아. 자, 그럼 슬슬 공부나 할까?"

아, 감시자 토우카가 사라졌어도 평소처럼 공부는 하는구나. 당연히 딴짓 하려고 토우카를 쫓아 낸 줄 알았는데…….

……라고 생각한 내가 바보였다.

내가 공부를 시작했을 때, 스즈카가 여교사로 변신해 내 방에 찾아온 것이다.

흰색 셔츠와 검은색 미니스커트 차림.

그리고 진짜 선생님 같은 까만 뿔테 안경을 쓰고 있었다.

"유우키 군. 오늘도 선생님과 함께 열심히 공부하자, 응?"

심지어 롤플레잉까지 하고 계셨다.

스즈카는 내 옆에 자리를 잡고 같이 공부를 시작했다.

"휴. 좀 덥네."

현재 실온은 19도. 약간 쌀쌀할 정도였는데, 스즈카는 셔츠 단추를 풀기 시작했다. 몇 개만 단추를 풀어서 살짝 속옷을 드러냈다.

신경 쓰여서 참을 수 없었다.

수학 문제를 풀다가, 이따금 가슴 쪽을 힐끔 보다가, 또 문제를 풀다가. 그것을 반복했다.

"후후. 유우키 군. 선생님의 어디를 보는 거니?"

"아, 아뇨, 아무것도 안 봤는데요?"

"어휴, 나쁜 아이구나? 그런 거짓말을 하다니."

스즈카는 어른스러운 여성을 연기하는지, 고혹적인 미소를 짓더니 내 가슴을 부드럽게 쓰다듬었다.

으윽, 정말 너무하다. 내 아내.

얼마나 나한테 덮쳐지고 싶으면 이러는 걸까……?

좋아, 이렇게 된 이상 내 비장의 카드를 꺼내야겠다.

스즈카를 부끄럽게 만들어서, 수치심 때문에 더 이상은 내 눈앞에 있지 못하게 만드는 것이다.

"이봐, 스즈카. 너 내 팬티 냄새를 맡은 적 있지?"

"그그그그그, 그걸, 어떻게 알았어?!"

그 순간 여교사 역할조차 잊어버리고 노골적으로 동요하는 스즈카.

훗, 좋아. 이러면 부끄러워서 내 앞에서 도망갈 테지.

나는 승리를 확신하고 계속해서 스즈카를 몰아붙였다.

"아침. 세탁기."

이 두 개의 단어만 알려줘도 스즈카는 내 말을 믿을 것이다.

"으으으으윽…….."

얼굴이 새빨개진 스즈카는 신음 소리를 내면서 나를 째려봤다.

조금만 더 하면 완벽한 나의 승리. 스즈카는 부끄러움을 못 참고 도망칠 것이다.

여기서는 봐주지 말고 공격해야 한다.

"심지어 너 침도 흘리고 있었지?"

내 말을 들은 스즈카는 마침내 신음 소리조차 안 내게 되었다.

"뭐, 나는 내 아내가 좀 변태여도 신경 쓰지 않으니까 괜찮지만."

네가 싫어진 것은 아니야. 그런 뜻을 전했다.

여기서 너 변태냐! 기가 막힌다, 도저히 이해할 수 없어! 하고 심한 말을 할 수는 없었다.

그렇게 심한 말을 했다간 스즈카가 상처받을 테니까.

아, 그래도 히죽히죽 웃으면서 스즈카를 보고 즐기긴 할 거지만.

"크으윽!"

스즈카는 더 이상 못 참겠는지 나를 놔두고 도망쳤다.

멋진 승리였다.

이로써 당분간 스즈카는 부끄러워서 나한테 덤벼들지 못할 것이다.

♡ ♡ ♡

토우카가 부모님 댁으로 돌아가서 오랜만에 우리가 단둘이 있게 된 밤.

나를 유혹하는 스즈카를 무사히 내 방에서 쫓아낸 나는 상쾌한 기분으로 공부를 했다.

아, 어느새 시간이 이렇게 됐네.

나는 목욕을 했다. 그리고 따듯해진 몸으로 잘 준비를 한 다음에 침실로 향했다.

침대 위에서는 내 아내가 등을 돌린 채 이미 누워 있었다.

"삐쳤어?"

"흥!"

"잘 자. 스즈카."

"……잘 자."

아, 기분이 안 좋아도 자기 전에 인사는 해주는구나.

내일은 어떤 하루가 될까? 나는 그런 생각을 하면서 눈을 감았다.

곧 아무것도 안 보이게 되었는데, 거의 동시에 스즈카가 조그만 목소리로 나에게 말을 걸었다.

"유우키. 지금의 나는 좋아해?"

"그게 무슨 소리야?"

"결혼한 직후의 나와, 지금의 나는 전혀 다르니까……."

내가 입었던 팬티의 냄새를 맡으면서 침을 흘렸다.

자신이 남자 손을 좋아한다는 것을 깨닫고 내 손가락을 핥거나 빨기도 했다.

코스프레에 눈떠서 의상을 입거나 모으기 시작했다.

나에게 알몸을 보여주기도 했다.

내가 자기 몸을 야하게 만지는 것을 불편하게 여겼는데, 그 점도 극복했다.

"그러게, 생각해 보니 너 의외로 많이 변했구나……."

최근에는 아무 일 없는 평탄한 일상이 쭉 이어지고 있었다.

그런데 진지하게 돌이켜 보니 많은 것이 달라졌다.

"다시 한번 물어볼게. 지금의 나를, 좋아해?"

"좋아해, 스즈카. 지금의 너도, 과거의 너도, 미래의 너도. 나는 좋아한다고 자신 있게 말할 수 있어."

"에헤헤. 그렇구나. 저기, 이유는 뭔데?"

"전혀 달라지지 않아서."

"뭐―? 아니, 달라졌다니까?"

"아니야. 다정하게 감싸 주는 점은 하나도 안 달라졌어."

상대가 괴로워하는 것 같으면 다정하게 감싸 안아준다.

최근에도 괴로운 일을 당한 토우카를 위로해 주던 스즈카의 모습.

그것은 축구부에서 괴로운 일을 당했던 나를 위로해 줬을 때와 똑같았다.

스즈카는 예전에 비해 달라지긴 했지만――.

내가 사랑하는 '다정한 성격'은 전혀 달라지지 않았다.

경이로운 다정함으로 상대를 감싸 주는 천사 같은 여자애였다.

"내가 그렇게 다정해?"

"엄청나게 다정하다고 생각해. 특히 가까운 사람한테는 정말로 잘해 줘."

"왠지 그런 말을 들으니 부끄러운걸. 저기, 유우키. 너는 지금의 나를 좋아한다는 거지?"

"응, 좋아해."

"팬티 냄새를 맡는 여자애라도 괜찮다는 거지?"

"으, 응?"

진지한 이야기를 하고 있었는데, 어쩐지 분위기가 달라진 것 같았다.

스즈카가 갑자기 꼬물꼬물 움직이기 시작했다.

뭐 하는 거지?

의아해서 눈을 떠봤더니, 눈빛이 착 가라앉은 스즈카가 어느새 내 하복부 쪽으로 이동해 있었다.

"그럼 이제는 몰래 숨어서 팬티 냄새를 맡을 필요가 없는 거지?"

"야, 야?!"

내 하복부에 스즈카가 자기 얼굴을 묻었다.

아플 정도로 강하게 얼굴을 묻었다.

스즈카의 얼굴은 황홀한 미소로 가득 차 있었고, 입가에서는 침이 흐르고 있었다.

"으헤헤헤헤……. 씁. 네가 입고 있어서 따뜻하기도 하고. 뭔가 평소와는 달라서 좋다!"

내 팬티 냄새를 맡는다는 것을 들켰던 사실을 알게 된 결과, 일종의 무서운 존재로 진화한 내 아내.

그런 내 아내는 부지런히 내 하복부에 얼굴을 들이대고 있었다.

자, 잠깐만, 침 때문에 축축해지고 있는데?!

굳이 도망칠 필요는 없지만, 나는 반사적으로 몸을 뒤틀며 스즈카한테서 도망치려고 했다.

그러자 스즈카는 내 몸을 꽉 끌어안았다.

"우후후. 안 놔줄 거야♪"

후기

오랜만입니다. 안녕하세요. 저자 쿠로이입니다.

러브 코미디가 유행하고 있는 와중에 제가 무사히 2권을 낼 수 있었던 것은 전부 다 여러분의 응원 덕분입니다.

2권은 '유우키와 스즈카가 알콩달콩 사이좋게 지내는 일상의 모습을 많이 보여드리면서 두 사람을 점점 더 가까워지게 한다'는 목표를 가지고 집필했습니다.

이처럼 1권보다 더 연애 농도가 짙어진 2권인데요. 스즈카의 여동생 토우카가 본격적으로 등장해서 분위기를 확 띄워줬습니다.

메인 히로인인 스즈카가 귀여운 것은 당연한데…….

토우카도 귀엽지 않나요?

기본적으로는 성실한 성격이지만요. 자기 울분을 풀기 위해 주인공 두 사람을 가볍게 괴롭히려고 하거나 돈으로 간단히 매수당하기도 하는 등, 너무 고지식하진 않은 면이 개인적으로는 마음에 듭니다.

그리고 이런 내면도 좋지만, 아유마 사유 선생님이 그려주신 일러스트도 너무 좋아요.

정말 감사합니다!

스즈카와 마찬가지로 토우카도 많은 분들에게 사랑받는

아이가 되었으면 좋겠습니다. 토우카에 관해 이것저것 이야기하고 싶지만, 후기 페이지 수도 정해져 있으니까요. 여기까지만 하겠습니다.

자, 그럼 다음은 스즈카에 관해 이야기해볼까요.

서큐버스, 치파오, 가정교사 등 다양한 모습으로 변신해준 스즈카. 2권에서는 한층 더 '변태일지도 모른다'는 의혹이 강해졌네요.

개인적으로는 '이 정도면 아슬아슬하게 의혹 수준으로 끝나겠지?'라고 생각하는데요. 독자 여러분은 어떻게 생각하시는지 몹시 궁금합니다.

사랑 때문이라고 하면서 점점 더 폭주하는 스즈카.

다음 권을 내게 된다면, 과연 어떻게 될까요…….

자, 이제 마지막으로 이 자리를 빌려 감사 인사를 드리고 싶습니다.

편집자 S님, 이번에도 여러모로 신세를 졌습니다. 아유마사유 선생님, 1권에 이어 귀여운 스즈카 일러스트를 그려주셔서 감사합니다.

그리고 그 외에도 이 작품을 도와주신 많은 분들께 진심으로 감사드립니다!

쿠로이

ORE NO OYOMESAN, HENTAI KAMOSHIRENAI Vol.2 -KEKKON
SHITEMITA OSANANAJIMI, NARAREBA NARERUHODO ABUNASA GA
MASHITEIKU YODESU-
©Kuroi, Ayuma Sayu 2022
First published in Japan in 2022 by KADOKAWA CORPORATION, Tokyo.
Korean translation rights arranged with KADOKAWA CORPORATION, Tokyo.

내 아내는 변태일지도 몰라 2
—결혼한 소꿉친구, 적응하면 적응할수록 점점 더 위험해지는 것 같습니다—

2024년 4월 1일 1판 1쇄 발행

저　　　　자	쿠로이
일 러 스 트	아유마 사유
옮 긴 이	한수진
발 행 인	유재옥
담 당 편 집	정지원

이　　　　사	조병권
출 판 본 부 장	박광운
편 집 1 팀	최서영
편 집 2 팀	정영길 조찬희 박치우 정지원
편 집 3 팀	오준영 이소의 권진영
디 자 인 랩 팀	김보라 박민솔
디지털사업팀	박상섭 김지연 윤희진
라이츠사업팀	김정미 맹미영 이윤서
영업마케팅팀	최원석 박수진 이다은
물 류 팀	허석용 백철기
경 영 지 원 팀	최정연
발 행 처	(주)소미미디어
인 쇄 제 작 처	코리아피앤피
등　　　　록	제2015-000008호
주　　　　소	서울시 마포구 토정로 222, 501호(신수동, 한국출판콘텐츠센터)
판　　　　매	(주)소미미디어
전　　　　화	편집부 (070)4164-3962, 3963 기획실 (02)567-3388
	판매 및 마케팅 (070)8822-2301, Fax (02)322-7665

ISBN 979-11-384-8228-8 04830
ISBN 979-11-384-8034-5 (세트)